U0120288

因为我有生活

电影美术师
杨占家从艺录

杨占家　口述／绘

李青菜　整理

北京联合出版公司
Beijing United Publishing Co.,Ltd.

目 录

1985—2015

4

序　是真佛只道家常

《因为我有生活》是一本回忆性质的小册子，以讲故事的方式讲述几十年来发生在杨老师身上的小事。俗话说，是真佛只道家常，整本书读起来像杨老师面对面和您聊天儿一样，亲切、有余味。

在电影美术行业，不知道杨占家老师大名的人很少。杨老师对中国电影美术界最大的贡献，就是把建筑美术的制图方法、理念以及美学观念植入到电影美术设计之中，大大提高了电影美术设计的规范和准则。"建筑制图法"逐渐地代替了之前广泛采用的米格纸制图方法，直至今日用的还是这种方法，只不过电脑代替了手绘。

我与杨老师相识是在大导演凌子风执导的电影《狂》的剧组里。那是1991年的初春，当我在四川合江县政府招待所见到杨老师的时候，感觉自己像泄了气的皮球。这个人就是著名的美术师？只见他身材不低，红红的脸，头顶左边一缕长发向右横盖着额头上的秃顶，面目和善，语气温和。上身穿一件劳动布的工作服，下身一条深灰色卡其布制服裤，脚蹬一双旧白色运动鞋，右脚一只前脸儿还漏了个洞，整个儿一个半工半农的壮劳力。

杨老师很客气地把我让到屋里，落座后问了我的一些情况，简单地介绍了一下自己，然后进入正题，从这部戏的故事聊到设计。聊完，他拿出许多为这部戏画好的设计图，有工程图也有气氛图。我这一看，顿时傻了，那标准漂亮的建筑施工图和清秀生动的钢笔淡彩的气氛图，张张精彩。说真的，从来没见过，心里顿生恭敬与崇拜之情。

之后我们爷儿俩住在一屋，一起工作，一起到街上饭铺吃饭，可以说是形影不离，感情也益发加深了。所以，我知道杨老师在生活中的许多小故事，下面我敛几段讲讲。

一 送鞋

就这部戏，我出门时家里怕四川雨多，给我带了一双绿色高腰绝缘胶鞋，其实我根本也不会穿。和杨老师工作生活了几天后，聊天也不拘束了，看着他右脚那只露着洞的鞋，突然想起我那双胶鞋。

我仗着胆子说："杨老师，您看您的鞋该换一双了吧？这前脸儿还漏个洞，下雨进水呀。"他说："那怕什么的，大夏天的，没事儿，透气儿还好哪。"还是单刀直入吧，我一边开箱子拿鞋一边说："杨老师，家里给我带了一双胶鞋，高腰绝缘的，我也不穿，给您得了？"他马上说："我这挺好，你留着穿吧！"我说："家里给带的，我也不穿。您看我这身儿行头穿这鞋也不像样不是？"

终于，杨老师语气很低地说："你真不穿？"我说："真不穿。"他叹了口气说："得！那我就收了吧。"又是连说感谢。这天儿也热啦，都换上凉鞋了，也没见他穿。有一天他突然和我说："哎！小陈儿，我把你给我那双胶鞋给我弟弟寄去了，他生活在农村，我觉得把鞋给他更有用。"

得！这鞋从北京跑到成都又跑到天津去了。当时我对杨老师这一举动很钦佩很感动，从这一件小事，就知道这是一个心地、人品非常好的人。

二 酬金

还是筹拍《狂》的时候的事儿。八十年代中到九十年代初期的摄制组所有组员挣的都是厂里的工资，每天额外再有几块钱的补助，再加上管吃住已经很好了，没有酬金这么一说。这次是港方投资，有了酬金，根据职位分发不等。

有一天组里制片人说："杨老师，一会儿您到我这儿来一趟。"杨老师到了他的办公室后问："你找我什么事儿？"制片人说："我和您谈谈这部戏酬金的事儿。""酬金？什么酬金？"杨老师疑惑地问。制片人说，咱这部戏是港方投资，拍片结束后会给大家发一笔片酬。杨老师愣了，毫无表情地听着制片人说话。制片人探过身子伸出右手的食指说："这部戏拍完了组里给您这个数儿。"杨老师看着他的食指，也伸出了自己的食指，轻声说："一百块钱？"制片人觉得杨老师在逗乐，摇摇头。杨老师举着手指头又问："一千块钱？"制片人听了直起身子大笑说："咳——杨老师，您真逗，我哪能给您一千块钱哪？"接着又加重语气说："一万！"一万！我猜想当时老头儿听到这两个字的时候，估计被吓得手都凉了。

三 "挨宰"

1995年我和杨老师在上海筹拍电影《十兄弟》的时候，住在龙华镇的龙华迎宾馆。附近的饭馆一过晚七点就下班，还有一家稍远的小馆儿，是私人开的，关得晚，我们也时常去那里填肚皮。

一天晚上八点后，我和杨老师到这家小馆儿用晚餐，点了三四个菜。享用之后，唤来店家，一算账，八十块！我拿钱付账时用余光瞄了一下老头儿，见杨老师的脸早已变得没了表情，拿着牙签儿，垂着上眼皮，看着店家点了钱而去。店员走了后，杨老师情绪低落地对我说："八十块！怎么那么贵呀？让他宰了！这是咱两天的伙食费，一顿儿就开了，这哪儿行啊！咱明儿个别来这儿了。"

说来也巧，走不远，碰到了几位同组的港方同事也去吃饭。一见他们，杨老师好像是找到了说理的地方似的，声音一下子高了八度："去吃饭？"对方说："是呀。"杨老师一脸义愤，很有正义感地回头指点说："可千万别去那家啊，那家宰人，太黑！我们刚才就被他宰啦！"

我们工作起来很专注，第二天又忘了时间，画着画着一看表，糟了！又过八点啦！没办法，于是爷儿俩又走进了"宰人"饭馆儿。

用餐之后一声召唤，这次是饭馆儿的老板拿着账单亲自出面了。老板是位身材修长、眉目清秀的上海姑娘，她拿着账单面带微笑。我说："今天多少钱哪？"姑娘早有准备地说："今天不管多少，只收五十块。"

我一听连忙说："那多不合适呀，该怎么算就怎么算。"姑娘说："没事的啦！我们是小生意，就希望摄制组能常来关照我们。"这姑娘收完钱后随手又拿出了一张账单，杨老师愣住了，只见姑娘不慌不忙，边把账单放在桌上边说："昨天听您那几位朋友说，我们多收了您的钱啦？我们哪能那样做呀，您看这是您昨天的账单，您昨天点的菜有点偏贵，这条鱼就五十块哪……"我们爷儿俩直眉瞪眼地听着。姑娘又爽朗地说："没事的啦，菜钱好说，希望您能来经常关照，不要在外面喊我们宰客呀……"我们爷儿俩更尴尬了，使劲点着头说："好的！好的！常来！常来！"

　　在《十兄弟》摄制组，跟着这位每天担心饭费超标的老头儿，有时候尴尬，有时候真有面子。有一天我和杨老师在东海片场，遇到一个很熟的制片朋友，陪同美国来的摄制组到沪上选外景。制片和杨老师一通嘘寒问暖，又礼节性地把杨老师介绍给洋制片。让人想不到的是，这个美国人听到"Yang Zhanjia"这个名字，吃惊地瞪起眼珠子，还哇地大叫两声，使劲握着杨老师的手摇晃说："你好你好！"又让翻译说："杨占家先生在美国很有名，今天很高兴能见到你！"他激动得脸红扑扑的，露出满口大白牙继续说："你知道吗，在中国找到一家可以合作的电影厂很容易，找到杨占家可太难啦！"您瞧，洋人把杨老师给吹的……没事瞎说什么大实话!

三段引子就啰唆到这儿,我是抛了一块大砖,大块儿的"翡翠"在后边哪,您就慢慢地瞧吧!篇篇精彩,包读者您看了乐,乐了还有收获……

今天正逢杨老师八十二生辰,浩忠在远离北京的地方祝您寿诞得福!撤去一切烦恼,开开心心、高高兴兴地过好每一天,健健康康地享受耄耋后的青春。

学生陈浩忠于姑苏东山岛之莫釐精舍

公元二〇一八年八月一日

陈浩忠,影视美术指导,代表作有电影《阳光灿烂的日子》《王的盛宴》,电视剧《甄嬛传》《芈月传》《红楼梦》《三生三世十里桃花》《麻雀》等,凭借《甄嬛传》获2012年首届中国电视剧导演工作委员会颁发的最佳美术指导奖。

我从小受穷，家里很困难，如果没有国家的培养，大概没机会上大学，也就没机会从拿着鸡蛋换电影票的孩子成为高级电影美术师。我今年已经八十多岁了，作为一个"80后"，因为身体原因"宅"在家里，心里想念摄制组的同事和小徒弟们。以前绘制的部分图纸，编辑成漂亮的画册，已于2018年初出版，对从事电影美术的小朋友有一些帮助，我很高兴；也高兴现在有充裕的时间，把过去的经历回忆起来，写下来，成就一个老工艺美院毕业生、老电影人的骄傲……

1936—1971

一

不够意思的财神爷

我要讲一些小时候受穷的事了，你们年轻人可别跑哇。

　　我家祖祖辈辈是农民，一直很穷，住的条件很差。我们老杨家五户住在一个小院里，正房三间是我叔叔一家住，东厢房三间北屋是我三叔住，南屋是我五叔，西厢房三间我们家住北屋，我和我弟弟占福同我们父母合住一屋，我哥嫂住一屋，姐姐到别的姑娘们家寄宿。

　　当时农村土房大多面宽一丈约三米，进深五檩约四米，面积十二平方米。土炕占二分之一，约六平方米，余下六平方米，除去一个祖传大躺柜和一个小橱柜外就是唯一的活动地面，还要放一张长板凳。六平方米的土炕上，只有一张用了多年磨得很光且发黄的旧苇席，两床被子两床褥子。爸妈合用一床被子，我和我弟弟合用一床被子。天一亮被褥就要卷起来，这儿就要放一个小炕桌，供全家人吃饭和我跟弟弟学习时作书桌。

墙上没有任何装饰，只是过年时贴的年画和春联。年画一定是杨柳青的木版年画，因为我们离杨柳青很近，画上是小男孩抱着大鲤鱼，鲤鱼要多肥有多肥。墙上也没有镜子，除我姐姐外我们从不知道照镜子。在农村基本是天一黑就睡觉，晚上无须照明。有时姐姐晚上为给我们赶制衣服，才点一个小豆油灯。豆油灯就是在一个小碗中倒一点吃的豆油，放上一根用棉花搓成的灯芯。豆大的火苗，十分昏暗，可是我姐姐还是能熬夜做活让我们穿得像样一点。

中间一间叫堂屋，进屋后左右各有一个灶台，是两家共用厨房。正面后墙角有一个大水缸，一里地以外的河滩上有口甜水井，得去挑水倒在缸里备用，一个缸装三担也就是六桶水。村内水井的水都是苦水不能喝，只能用来刷锅刷碗、洗衣洗脸洗手。因此每天挑水就是我们哥儿仨的事了。

水缸旁边有一张祖传的八仙桌和两条长板凳，供做饭时当操作台；另一个墙角有一个祖传碗橱，放一些盆、碗、罐子等餐具。灶台上每家都贴一张灶王爷像，以及"上天言好事，下界保平安"和"一家之主"的春联。各家的灶台就是各家在冬天的暖气炉，土炕中是空的，并

一家之主

上天言好事

下界保平安

我家的灶王爷
2018.5.5.

与烟筒相连，做饭时炕吸收热量变暖炕，很舒服。老祖宗真聪明，做到充分利用能源。还有更聪明的做法：土炕每年要拆一次，拆下的炕坯，经过捣碎，可作为肥料上到田地里。据科学检测，这是含有丰富磷质的肥料，能提高粮食产量。房屋地面，因买不起砖，多是黄土铺地，经过多年踩踏，也和水泥地面一样，光滑平整，不起尘土了。

农村的土房，只有里屋有一个很小的窗户，而且只在炕上，山墙、后墙、堂屋都不开窗，听说是为了安全。窗户多是简单的木格糊纸，没有玻璃，穷人哪买得起玻璃。窗户冬天糊纸保温，夏天天热，还得把纸撕掉，换上纱布，便于通风，还防蚊虫。土屋的屋顶当然也是土的，我们买不起瓦。因黄土里有草籽，每到夏天屋顶都长满杂草，不利排水，要上房割掉，顺带再抹一层黄土泥。这是个技术活，只有我父亲能干，我们兄弟做助手，在下面站凳子上一锹一锹地往上送黄土泥。

一到夏天，大家都在院子里吃饭，一排五张桌子，真像一个拥挤的露天餐厅。院子南端有个小门楼，门楼外是外院，外院有篱笆墙和篱笆门，也不大，供大家放柴草。

我们屋和我叔叔屋之间还有两米宽的空地，我们还盖了一个牛棚，把我叔叔的西屋窗给挡死了，实在没办法，兄弟间只能谦让。因为住户多，所以大家共用的院子就小了。宽只有三米，长也不过十二米，牵牛调头都困难。

这么小的院子，每家的窗户底下还要用碎砖头砌个鸡窝。养鸡是农村的主要副业，是农民的"银行"，当时鸡蛋可以在村里代替货币，很好用，因此大家对鸡特别爱护，都养在自家窗户底下。黄鼠狼夜里来了，全院的鸡就一齐喊救命，大家不出屋使劲敲窗户，人多势众，黄鼠狼就跑了，"银行"保住了。

我们县里有支电影放映队。在农村打谷场上放电影，多数是不花钱就能看，有时候电影特别好，就改在小学校里放，就得买票了。钱呢？没钱也可以拿个鸡蛋当电影票……我就是那个拿着鸡蛋看电影的穷孩子，谁想到后来我竟搞了电影，还成了一名电影美术师。有时候，操场上的放映机已经架好了，柜橱里没有鸡蛋，我妈妈就抓来一只老母鸡，摸摸鸡屁股，最后告诉我再等一等，鸡快要下蛋了。有时候能等上，有时候就……等不上了。

说完我们住的小院，我要说吃了，别笑话，还是一个字，穷啊。

我们的故乡，远古是大海，大海退去变成广阔的盐碱地。庄稼不好好长，产量很低，而且只能种玉米、高

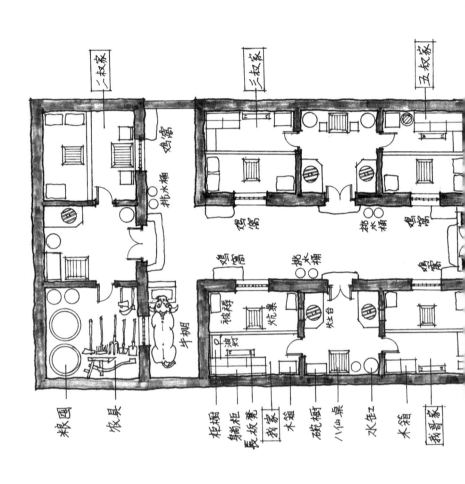

二叔家

三叔家

五叔家

鸡窝

排水桶

牛棚

鸡窝

挑水桶

鸡窝

鸡窝

挑水桶

灶台

鸡窝

炕桌

褥帮

户油灯

我家

木箱

粮囤

炊具

碗橱

躺柜

长板凳

我家

木箱

碗橱

八仙桌

水缸

木箱

我哥家

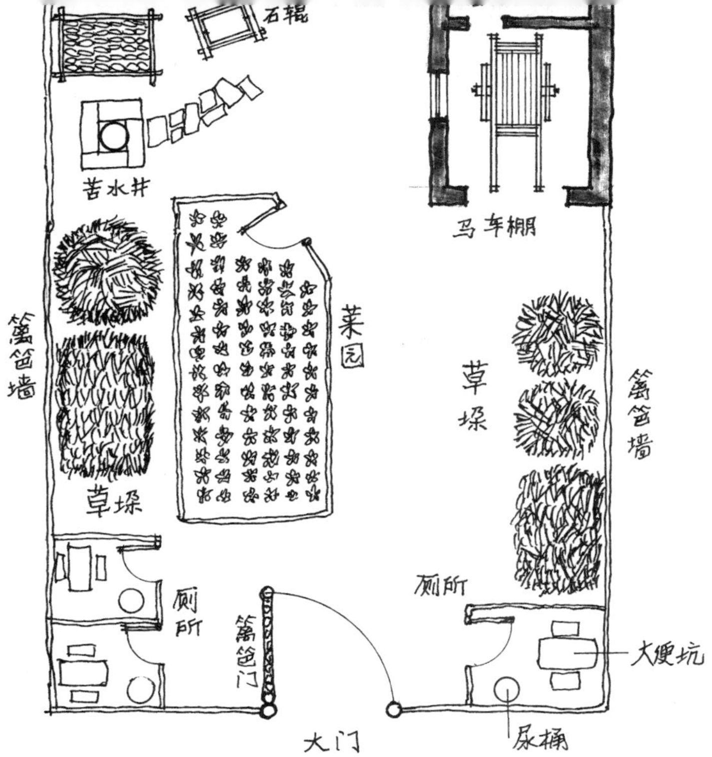

马车棚

篱笆墙

草垛

大便坑

尿桶

厕所

大门

篱笆门

茶园

石碾

苦水井

草垛

篱笆墙

厕所

杨家大院

2018.5.1

粱和棉花，每年都不够吃。每天吃得很简单，很单一，多是玉米饼子、高粱米稀饭和一盘咸菜或野菜，只有冬天才能吃上大白菜。平时很少炒菜，只有招待客人才破格炒一盘土豆丝和一盘炒鸡蛋，因为当时豆油多私人榨私人卖，很少见。有时没有炒菜油，我妈妈就到我们田头种的蓖麻上摘几棵蓖麻籽放到热锅上擦，等锅上有油了再炒菜。现在从电视新闻上才得知蓖麻油是工业用油，有毒，对身体有害，然而我们儿时经常吃，也没有中毒。我父母都是活到八十多岁去世的，我至今也八十多了，还健康地活着呢！可见穷苦人的身体多么强壮了。至于吃肉嘛，一年中只有过春节才能吃到肉，这是我们儿时每天都盼过年的原因。

过春节除了吃得好，还要穿新衣。所谓新衣，除了添一两件新做的以外，多是妈妈和姐姐把旧衣服洗一洗、补一补。提起姐姐，她不是我亲姐姐，我家有三个男孩，一直想要个女孩，而我姑姑家正好女孩多，姐姐很小就来到我家，对我们比亲弟弟还亲，想办法哄着我和弟弟占福。村子里没有商店，一年到头儿没有什么零食可吃，最方便的就是自家做爆米花，姐姐给我们爆——她真是什么都会，然而爆一次非常麻烦，但她不怕！爆米花首先要到一里以外的河滩取干净的沙土，黄土是不能爆的，接着把准备好的玉米粒和沙土放进锅里，大火烧，然后就听到玉米粒爆开。怕爆满地，我姐姐得一边用锅盖盖，一边用铲子搅动，沙子烫人，沙土飞扬，弄得姐姐满头大汗，满身是脏。等我们大口吃着爆米花时，姐姐还得收拾灶台，烧点热水去洗脸洗头，太麻烦了，但她很高兴。我姐姐叫杨占霞，聪明手巧，有耐心法儿，她要是能上学念书，准有大出息。

过春节还有一件高兴的事，就是到十里以外县城赶庙会，可以看到各种民俗表演，如小车会、高跷会，还可以买窗花、剪纸、灶王爷像和年画。春联我们自己能写，不必再破费。我们住的这条街，只我有文化，书法好，墨又黑，几乎全条街都找我写。春联"忠厚传家久，诗书继世长""一夜连双岁，五更分两年"我是必写的，因为它们太经典了，字不多又好写。除此之外，我还要写很多"出门见喜""抬头见喜""阖家欢乐""肥猪满圈"，最多的是"福"字。

当时农村的文化人很少，大多不识字，只要有时间，我愿意再帮大家贴贴，唯恐贴错了或贴倒了，闹出笑话。村里常有把"阖家欢乐"贴到猪圈，而把"肥猪满圈"贴在屋子里的笑话。"福"字贴倒了这是常事，每当文化人看见都习惯告诉主人："福"倒了。只是现代的文化人才有故意把"福"字倒贴让客人大叫"福"到了的怪主意。但我是老古董，认为故意把"福"字倒贴是拿中国字开玩笑，对中国文化的不尊重。

除夕那天晚上，屋内屋外的灯不能灭。过去没有春节晚会，只是全家一起包饺子吃饺子，不能睡觉，要坐到天亮，叫作"守岁"。父母能守住，我和弟弟吃完饺子就睡了。等天一亮，大年初一，要到每家去拜年，一户也不能落，见面就作揖，喊"见面发财"，每年都喊但是每年都不发财，财神爷太不够意思了。

我们家从来不买鞭炮，一是没钱，二是我和弟弟都胆小，不敢点炮捻。听听别家的鞭炮声，一样高兴。过年时大家都在院子里铺满芝麻秸，主人客人迎来送往的使劲踩，意思是踩"岁"，我看还有防盗保平安的实际意义。过年期间便于大家来往祝贺，白天黑夜大门都不能关，有人踩上，因为芝麻秸特脆，马上发出咔咔的声响，就知有人来了。其实不用防盗，小偷也过年，过年就不偷了。

跟北方多数省份一样，我们当地有个习俗，过年期间妇女不能动火，也不能做针线活，这多半是古时候妇女们自己口口相传约定了，就为过年名正言顺地歇息几天。主食如馒头、年糕必须提前做好，放在院中天然冰箱的大缸里，金贵的鱼和肉也做熟了冻上，吃饭时只用锅热一热，过了除夕就放开吃了。每天都有说道儿——

初一饺子，初二面，初三合子往家转，初四、初五吃什么？也有规定，但我忘了。

春节过后，春天来了，天变暖了，农民又开始忙碌起来，学生也快开学了，这时候一冬天攒下的粪就有用了。按现在的话说，我父亲是一代捡粪高手，一年四季无冬历夏，早晨天蒙蒙亮就背着粪筐在村子里拣头茬粪。我家的粪堆大，庄稼壮，全村有名。说起粪堆，不知你们信不信，那年月姑娘来男家相亲都要看看这家粪堆的规模呢。那我？后来我不是凭着有文化学到大本事才成了家嘛？！

我父亲是地道的农民，国字脸，大个子，忠厚老实，心灵手巧，可怜在认字少，靠种地不能出头，就靠勤劳吃苦养活一家子。他老人家的大名响亮好听，叫杨春瀛，我母亲没有名字，户口本上写着杨王氏。母亲是小脚，人也瘦，下地干活少，只在家中纺线和做饭，挣点钱供我们上学。农村人上小学都晚，我上学那一年是八周岁，上的是村里的武清县朱家码头[1]完全小学。

1　现为天津市武清区。（若无特别说明，本书注释皆为编注）

二

菩萨活了·旗杆顶的干粮·山炮营

新中国成立前我国农村教育很落后，不是每个村子都有小学校。当时我们村比较大，有一所小学，叫武清县朱家码头完全小学。为什么叫"完全"小学呢？"完全小学"就是有一到六年级，只有一到四年级的就是普通小学了。

　　我们村的小学校是由一所大庙改的，正房是三间大殿，建在一个一米多高的台基上。大殿南向有一排玻璃窗，殿前有几棵小柏树，环境很美，打扫得很干净。大殿两侧有耳房，西耳房做校长办公室，我们学生很少去，东耳房做教师办公室，师生关系特别好，我们常去玩。当时有一种玩具叫拉炮，就是中间有个小炮，两边各有一段线绳，双手齐拉，小炮就响。放假了，我们常到老师办公室玩，淘气的同学就把拉炮偷偷地拴在门把手上、

五十年代我读书的小学大门

2018.4.29

椅子上、抽屉上。老师进屋一推门，拉炮就响了，吓一跳；进屋想坐下，拉椅子，拉炮又响了，又吓一跳，坐下拉抽屉，拉炮又响了，弄得老师哭笑不得。

三年级时学校新来一位年轻老师，名叫董锡武。董老师长得非常帅，没有架子，能和学生们打成一片。我们常和他开玩笑，门、椅子、抽屉上拴拉炮就是打趣这位老师的。董老师从来不发脾气，整天和我们在一起学习和玩耍，同学们都喜欢他。这位老师就是我以后考上的那个河北杨村师范学校的毕业生。这所学校是河北省重点学校，由初师和高师班两部分组成，是专门培养中小学教师的，完全公费。贫穷的农村孩子都愿意考它，只是毕业后必须做中小学教师。那可比种地强多了，我心里悄悄地也想去报考。

我从小爱画画，因家里穷，没有纸笔，就找块白灰块在地上画、墙上画。我可以从村东头画到村西头，画的不外乎我眼中的人、房子、鸡、鸭、猪、狗……在班上老师见我爱画画，就让我在教室墙上画墙报，老师同学都夸奖。过去农村教育，特别重视书法课，大家都认为看一个人学习品行好坏，就看他的毛笔字。毛笔字写得好的，一定是品学兼优。我也特别喜欢书法。老师每天都给留书法作业，大楷两篇，小楷两行，每天必交，老师必看并判。当时学校评判标准分甲、乙、丙、丁四等，老师喜欢我，总给我判甲，有时还判甲上和甲上上，满篇大字都是红圈圈，让全班同学观看学习并贴在教室的墙报上。

有一次武清县文化馆沙国朴馆长到学校参观，发现我画的墙报和我写的字，就跟老师半开玩笑地说，这个学生小学毕业后可以到县文化馆工作。小学毕业就能上班挣钱，实在是天大的荣誉。县文化馆馆员，就是现在年轻人向往的国家公务员。虽然年纪小，我知道去文化馆是有前途的大好事，我真想去。我弟弟也爱画，若干年后，到县文化馆工作了，馆长还是那位沙馆长。

因家穷，父母早早给我订了婚，让我接替他们种好那三十多亩地。我不甘心做农民，要退婚，要到县城考中学，父母都不同意，只有我姐姐支持我。姐姐对我的恩情太大了：看到学校有学生穿制服，她就学着用手为我缝制，缝得真像，别人看了都以为是机器砸的；看到别人穿球鞋，她就用手工为我做五眼鞋，做得很像球鞋；看到别人戴着学生帽，她就照着别人的样子给我做；看到别人推着小分头，她就用剪子给我剪，同学都以为我也是推子推的。缝纫机砸的"高级成衣"、仿真球鞋、城里人的发型，让我的寒酸气少了一些，小学生也懂得自信了，得到老师的喜欢，学校的演出每一次都有我。

学校的戏台就是利用学校的大殿高台临时搭建的，

教室正好做后台。当时农村没电，晚上演出得用两台汽灯，就是打气的煤油灯。你只要看到学校院子中有人点汽灯，就知道要演戏了。因为汽灯要提前点，点的时间越长越亮。学校一有演出，周围十里八里的老乡都跑来看戏。我们的董老师除了教书好，还特别喜欢文艺，喜欢做导演。当时全国正在演出革命戏《白毛女》和《刘胡兰》，我们学校在这位老师的导演下都排演了。因怕影响学生学习，都只排演部分戏，不是全本的。我参加了《白毛女》演出，董老师演杨白劳，让我演大春，同班同学吴毓玲演喜儿，毛士全演黄世仁，只演到喜儿被卖到黄世仁家这一段。我们都会唱"北风那个吹，雪花那个飘……年来到……爹出门去躲账……三十那个晚上还没回还，大婶给了玉茭子面……"稚嫩的童音唱起来更显得凄惨，到现在我听到这个曲子还想掉眼泪。

在演到《白毛女》黄世仁家的佛堂时，黄世仁的母亲又坏又信佛。布景有个菩萨像，在农村哪有人会画，更不会塑，董老师灵机一动，自己穿上菩萨服装坐在神台上，双手合十，扮演菩萨像。大幕拉开，时间短还可以坚持；时间长了，又是大冬天，哪能保证不动。他刚一动，台下的乡亲们就大叫"菩萨活了"，大家笑得前仰后合。

演《刘胡兰》时，有场戏是董老师扮演国民党军

小学院内的戏台

2018.5.5

官，剧情是这位军官发怒要枪毙刘胡兰，一拔枪，枪没带，突然踹旁边的卫兵——就是我呀——一脚："给我拿枪去！"我才醒过梦来，小跑着到后台把枪取来，救了场，逗得全场哈哈大笑。回家我姐姐就夸我演得好，染布做衣服给我。那个布的颜色叫"北京毛蓝"[1]，小孩儿一穿马上精神抖擞。姐姐为这衣服熬了好几夜，姐姐真疼我。

朱家码头小学除了演戏，学校还有个合唱队，经常唱的歌曲有《没有共产党就没有新中国》《中国人民志愿军战歌》，还有美国电影《魂断蓝桥》的译制版主题歌《友谊地久天长》："恨今朝相逢已太迟，今朝又别离！水流幽咽，花落如雨，无限惜别意；白石为凭，明月为证，我心早相许，今后天涯，愿长相忆，爱心永不移……"唱的次数多了，成了校歌。乡村小学的校歌洋气吧？我也是合唱队一员。当时别的男生都变嗓音了，我还是那个童音，一到排练时，老师总要把我拉到女声部那边。我很不高兴，嫌丢人，不愿意去，又偷偷跑到男声部这边。

我们学校还有个军乐队，一个大洋鼓亮光光，四个

1　毛蓝布，又称"爱国布"，二十世纪三四十年代流行的一种布料染色，色泽大方，并有越洗越艳之感。

小洋鼓咚咚咚！四把小洋号吹着震天响，还有一面校旗。因为我个子高，学习好，老师让我当校旗手。校旗杆很先进，分三节，用时用螺扣延长，还有个背带挎在肩上，游行时累了还可以把旗杆插在背带里，抬头挺胸，走在大街上，威风大了。

那套乐器的来历说来话长，是我很要好的同学"喜儿"吴毓玲的父亲吴子敬先生捐赠的。吴先生早年在日本留学，还会说一口流利的英语。吴先生是一位开明地主，家境富有，学养深厚，有心胸有见识。他一向赞成共产党的政策，土改中主动把土地交出来了，得到群众的保护，没有被批斗。吴先生是朱家码头小学的"校董"，权力比校长还大，对学校的大事小事都操劳，对穷苦孩子是发自内心地体恤。学校的好几位优秀教师都是吴先生亲自出面邀请的。吴子敬先生早已作古，他老人家的名字，是我们老一辈武清人念念不忘的。

因为朱家码头小学师资水平高，教学质量高，升学率高，文艺搞得又出名，学校设备又齐全，周围十里八里的学生都来这儿上学。他们每天都要走十来里路，至少得一个小时，而我太幸福了，学校就在我家旁边，上课铃响了，我再出发都来得及，同学们都羡慕我。有的同学路远，累了，晚上不愿回家，就自带干粮，临时住在教室里，夏天晚上怕带的干粮坏，就把干粮袋像升旗

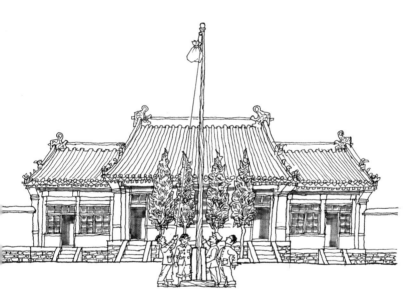

夏天晚上带的干粮怕坏了吊到旗杆顶上

2018.5.2.

一样升到旗杆顶，上边通风好，保证干粮坏不了。出这好主意的人就是后来当了安次县[1]县办公室主任的李彦臣同学……不知道他还记不记得旗杆上的干粮。

说了老师和同学们之后，再说几个大朋友的故事。

五十年代初，经常有解放军暂住在我村，每次来驻，因为我家盖了新房，房间大，成了部队电话班的总机首选。当时部队通讯很落后，都是靠电话线与各部门联系。我们全村百姓都希望解放军来，因为解放军有"三大纪律、八项注意"，解放军帮我们收麦子、挑水、打扫院子，他们一来我们就不用干了。他们有时还把多余的饭菜给我们吃，我们就不用做饭了。吃饭的时候，全班战士都围坐在炕上，边吃边谈，好不热闹，村民跟看到天兵天将似的高兴。

记得电话班班长又胖又壮，又爱说笑。他爱人来部队探亲，班长把爱人安排在炕上，自己坐在地上的长板凳上。吃饭间，我因为要用那板凳，和班长打了招呼，在他站起来夹菜时把板凳拿走了。不想他没听见，突然往后一坐，坐空了，跌倒在地上，胸前撒满饭菜，逗得大家哈哈大笑，我深感歉意。后来才知道这支部队叫山

1　现河北省廊坊市。

炮营，是准备开赴朝鲜前线，在我村是短暂停留的。

山炮的炮管短粗，两个铁轮，两个长腿，防炮后坐力，七八匹马拉，利用炮弹抛物线可打到山后敌军工事，是我军重要武器。山炮营只有营长骑马，营长那匹马真漂亮，个子矮小，鬃毛油亮，据说跑得很稳很快，典型的中国蒙古马。连指导员平易近人，对我这小孩很好，带我去县城照相馆照合影。当时没有彩照，照相馆还特意用照片色给我们照片的人脸和手涂上红色，衣服帽子涂上绿色。我保留很久，后来离家读中学，照片就消失了。

事情真巧，这支部队经过战争洗礼，回国休整时又住到我们的邻村。我们一听都乐了，大人小孩马上去看望他们，走了十来里路，一进门就听说对我最好的那位连指导员牺牲了。曾住我家的电话班十几个战士，只剩下这个又壮又胖的班长，然而这位班长也被巨大的炮声震成聋人了，我们说话只能靠手势。班长请我们吃午饭，吃的是肉包子，肉包子是我们这些农村贫穷孩子最馋的，应该很香很香，但当时的心情，是怎么也吃不香了，咽不下去了……

就是这一年，我小学毕业了。

三

大对虾和小橡皮

因为解放战争，学校停课，我考初中班考了两次。1952年秋天，我考上河北杨村师范学校的初中班。学校在武清县杨村镇，离家十多里路。当时没有公交车，全靠两条腿，住校也可以，学生宿舍是一排排二层小楼，一律大通铺自带行李。我的行李很简单：一床褥子，一床小薄被，一个枕套，中间放衣服，最外面是张床单。全部卷起来，用绳子一绑，成了长形行李卷——不像军人的行军背包是方的——走到哪里背到哪里，一直背进北京上大学。床单还是我五婶为我考上中学奖给我的。

　　我最高兴的是上中学因家贫可享受学校最高助学金，可能是七元，这七元就是我一个月的伙食费。我记得当时每月伙食费是七块五角，别看少，每星期还能吃一次肉。管理伙食的是金大爷，每次吃肉时，全体学生见到金大爷就高声喊："金大爷万岁!"金大爷笑得合不上嘴。

我的穿着很简单,冬天就是一身棉裤、棉袄、棉鞋、布袜,都是姐姐给做的,没穿过秋衣、秋裤、毛衣、毛裤,因为那些都要花钱买的。如果冷了,就用麻绳绑上裤腿和腰。所以每天上早操,我总是第一个跑到操场,因为我穿衣简单。到北京上大学后,才增加了几件秋衣秋裤,毛衣可不敢问津。直到1963年我毕业工作了,才第一次穿上我爱人给我织的毛衣。我告诉你们,记住,毛衣就是好,又轻又暖。

初中有美术课了,我开始接受正规的美术教育,正好又遇到一位从北京来的美术老师康授璋先生。他是我的美术启蒙老师,终生难忘。康老师见我学习刻苦,有点灵性,非常喜欢我,他有时搞小发明都让我给画图,在杂志上发表文章也让我给画插图。班主任吴敬林是地理课老师,我帮他画了很多地理挂图,真是锻炼的好机会。学校文艺演出的舞台背景——北京天安门,这样的重大任务也让我画。我设计并制作的"玻璃珠显微镜"也在学校展览会上展示,当时在"杨师"小有名气,我是注定要吃美术这行饭了。

1955年,我考入河北省重点中学河北芦台中学的高中班。高中没有美术课了,我只好利用每个星期天自学画画。学校发现我脑子里有点材料，又听话，就让我负责全校墙报，每星期换一版，每版必有我一张漫画。又是练习的好机会，也在全校闯出了名气。我还经常给天津的《渤海日报》投稿（多次被刊登），并成为日报的"通讯员"。高中的功课本来就很繁重，我还要抽出大量时间练习画画，可见多么辛苦了。记得当时的稿费很低，最多给四元，但物价也便宜，我用两元买一大筐水萝卜请同学吃。

高中时的班主任是张汉英老师，教动植物课，我不用再画地理类的图了，开始了动植物挂图的绘制。

芦台中学在渤海湾附近，渤海湾盛产对虾。所谓对虾，就是两个弯弯的海虾，互相插在一起。芦台镇大街两旁都是卖熟对虾的地摊，我记得很清楚，是八分钱一对，红红的，真吸引人。可惜我没有钱，买不起，馋了就画几对。当时电影票才五分钱，我都买不起。我想看电影比吃对虾还渴望，但是电影票不能画，那是犯错误的。我最大的错误是请同学吃水萝卜，算起来应该买两元钱的大对虾，叫同学一块儿好好解解馋。现在我有了钱，大对虾仍然昂贵而稀少，一年也舍不得吃上几次，我这是什么命啊。

其实我真是好命，管命运的神一直帮我的忙，有时候在我脑袋上拍一下，我就聪明一下。

把最好的粮食交给国家

15.
1959.10.16
渤海日报（482期）
2元
剪纸

两朵花 送上家

杨占家、杨占福合作

光荣 之家

13.
1959. 7. 2q
渤海日报 （403期）
3元
剪纸 （被评为7角红旗箱）

全国艺术院校每年都是先招生，不耽误你再参加全国统考。我聪明地认为美术要与建筑相结合才有意义，就报考了北京的中央工艺美术学院的建筑装饰系[1]，在全国统考之前要到北京参加考试。

我这个农村的穷孩子要去北京了，这是我平生第一次，不胆怯是不可能的。特别是看到别的考生都是经过美院附中和少年之家培训的，考试准备充分。你看他们都抱着大号笔筒，笔筒中插着粗粗细细削好了的铅笔，就把你震住了，那种震撼就像土坯房旁边盖着二层洋楼房差不多。我兜里只有一支铅笔、一块橡皮，那磨圆了的小橡皮，看着太可怜了，心想没有什么希望了，安慰自己万幸还能参加全国统考，没关系，来北京见见世面也是好的。

见完世面回到学校，曲折又来了。全国统考前，每个学生都要进行一次体检。学校发现我血压超过参加高考的指标，通知我不能参加高考。我心情糟透了，工艺美院考不上，普通大学也高攀不上啊？一夜一夜的睡不着，好在还是想通了：我叫占家，本来我爸妈就希望我占住那三十亩地，考不上就回家当农民。思想一通，血

---

1 中央工艺美术学院 1975 年又设特种工艺系，改建筑装饰系为工业美术系。

压竟然下来了，就在这时学校又通知我复查一次，血压刚好达标。

当时芦台中学参加全国统考的考场在唐山铁道学院，这是全国重点大学。2008年冯小刚拍《唐山大地震》时，我在美术组是最有生活的——当时我走过唐山的大街小巷，那儿的建筑样式和我家乡差不多。统考完回到学校，大家都等待高考录取通知书，心情都很急切。我是全校第一个拿到高考录取通知书的，我被北京的中央工艺美术学院建筑装饰系录取了。

当时周围十里八乡的村子，只有朱家码头村出了三个大学生，或者说朱家码头小学出了三个大学生。一是北京航空学院苏致国，一是中国人民大学吴毓华，再一个就是我在北京读中央工艺美院。三人都在首都读大学，全村人都荣耀。

我马上背着行李卷回到家，准备去北京上学，从此和同窗三年的同学们也就失去了联系。直到1974年我从中央工艺美术学院调到北京电影制片厂，拍的第一部故事片《海霞》在全国上映时，影片字幕上映着我的名字，才和母校河北芦台中学的老师、同学们恢复了联系。当时班主任张老师就给我打电话，问我是不是当年在河北芦台中学的杨占家，我高兴地说是，一点没错，就是那个杨占家，我笑啊，眼泪都快跑出来了。

2013年10月，河北芦台中学（现芦台一中）办百年大庆时，还在展厅墙上挂着我的照片。作为有点成就的校友，我一举成为学校的名人了。

四

皮鞋·马蹄表·周末舞会

1958年9月，我进入中央工艺美术学院，是建筑装饰系唯一一个从农村来的学生，还被指定当班主席，一当就是五年，享受国家最高助学金。先是十二块五角，后涨到十四块五角，生活费将就够了。还是五婶给的那条床单，姐姐给准备洗换的衣服，包着一个小行李卷，我背着它来北京求学。生活费有着落，可是学习用的材料费还是让我经常愁眉苦脸。好在我姐姐、弟弟和我未婚妻杨恩珍都有工作，经常资助我，让我完成了学业。

　　我考上北京的中央工艺美术学院这事，全村都轰动了，大家说我会成大人物。有一个叔伯哥哥，在天津皮鞋厂工作，是个技术高超的老师傅，听说我要到北京上大学，为表示奖励，用最好的牛皮，专为我特制一双三接头皮鞋，鞋底也是牛皮的，这是最有钱的人穿的。

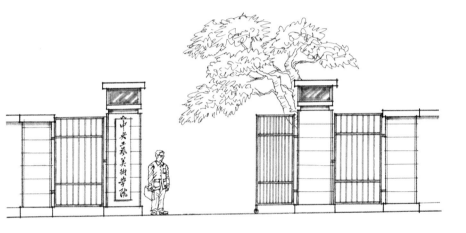

此门很简朴,但它从此改变了我的人生　　　　　　　　五十年代 中央工艺美术学院大门

2018.5.3.

为了不辜负哥哥的好意，我这个从未穿过皮鞋的土孩子，也试着穿皮鞋了。因为皮鞋底是牛皮的——皮鞋不是应该橡胶做底吗?!——牛皮底在教室走廊里走会发出咔咔咔咔的噪音，招来同学们观看。当时我都不会走路了，从那以后再也不敢穿了。

皮鞋收起来也没用，我正需要钱，卖掉它!到哪儿去卖?听说北京东四有个"委托商店"，也就是新中国成立前的"当铺"。我们现在拍古装戏时街道上常会出现当铺，是给世上的穷人准备的。当你因病因灾临时急用钱时，就把家中值钱的东西拿到当铺去"当"，一般不能当时付钱，要等东西卖出后才通知你拿钱。把我的高档皮鞋送到那个委托店，当场验收定价，我记得定了十四元。一个星期后，我接到通知说，"您的皮鞋卖出了，来拿钱吧"，我估计我那么好的皮鞋不会卖十四元!这就是委托店获利的诡计，这事我一直瞒着那个叔伯哥哥，不然会把他气死。

我要继续讲节俭的事了，现在讲这个我很开心，省钱就是赚钱嘛。

在北京，我处处勤俭节约。工艺美院校址在东三环光华路，开始叫獐鹿房，只有一趟从朝外红庙到前门的9路公交车，票价到王府井是九分，到前门是一毛三。

有时为了省两分钱，我跑到北京一床厂（现在的国贸）上车，到王府井票价为七分，还有时干脆步行到王府井。有时需要去北海公园画画，我就花一毛一分钱，坐到天安门，再步行到故宫。当时因我校和故宫都属文化部，进故宫凭校徽可免费——当时门票才一毛钱。出故宫神武门，往西走约一站，就是北海公园，等于我去一次北海公园车费只花一毛一分钱。中午饭呢？只是在公园买个面包充饥，渴了喝口自来水，舍不得花钱。当时公园只卖汽水，矿泉水是改革开放以后出现的。我在农村一直喝井水，从未喝过茶水和开水，直到七十年代调到北影还是喝自来水，而且不用杯子，只用手捧着喝。现在年老了，身体不帮忙了，改喝凉白开，但是茶水、汽水、可乐我还是不习惯喝。

五十年代末，我刚从农村到伟大的首都，看什么都新鲜，没见过，不习惯。特别是学校每周都举办一次交谊舞会，从星期六下午就开始准备，晚饭后食堂改舞厅。舞会开始，一跳就是一个通宵，星期天睡大觉，这对于一个渴望学习的大学生来说是多么可惜啊！班上有个华侨同学叫邱国权，每到星期六的下午他就坐不住了，没心学习啦，抱着椅子在教室里转圈圈，一边转一边哼哼，说是练习舞步。我不懂，我反感，他不但不学习，还影响同学们学习。有一次在全院召开的调查会上，我作为

041

班主席，大胆提出了停办舞会的建议。一个星期后，学院真的接到了上级停办舞会的通知，我胜利了，我高兴，然而并不代表我是对的。现在看来，该给邱国权同学道歉。改革开放以后，交际舞又流行起来，这种文艺形式，对人的身心健康是很有好处的。

回想大学生活，我这个书呆子，举报了周末舞会，自己当然不跳舞，不娱乐，体育也不合格。在大学毕业考试时要通过二级劳卫制考试，体育课谭老师给我出的试题是跳高，要跳过一米二，我这一米七五的个子竟然跳不过去。老师对我很好，怕我体育分不及格而影响毕业成绩，就临时改为笔试，要我答出跳过一米二的跳高要领。我马上到图书馆查资料，还画了插图，作了完美的答题。谭老师给我及格了，我非常感谢谭老师的宽待。若干年后，我的女儿也考上工艺美院的染织系，体育老师仍然是谭老师。我女儿体育也不好，谭老师像以前照顾我一样照顾我的女儿，照顾了我家两代人。

当了班主席，除了自己学习之外，还有一些班务要做。愁事又来了，我买不起手表，又想科学利用时间，就买一个最小最便宜的马蹄表。表上有两个铜铃，锵锵锵响起来吓人一跳——功能需要，叫你起床嘛，怕叫不起你。我每天带在身上，走到哪里我都带到哪里，在公共汽车上也装在口袋里。有时别人发现我身上有定时器

马踏飞
2018.4.29

声响，好像我带着定时炸弹一样，都悄悄躲开我。

到学校图书馆我也带着，有一次忘记关闹铃，同学们都在安静地看书，突然闹钟大响，把同学们吓了一大跳，都把目光投向我，我的脸实在挂不住了。图书馆的事，我告诉我的未婚妻，那时候她已经在河北沧县[1]银行工作了。她很同情我，就把她一位华侨同学送给她的

1　现河北省沧州市。

一块小坤表¹送给我。表面像现在的五角硬币大小，很秀气，这总是手表，比马蹄表好得多，戴在手腕上不让同学们看见就是了，但是害得我无论天气多么热也得穿长袖衬衣。

在工艺美术学院建筑装饰系学习期间，因为建筑装饰系是初建，专业教师缺少，学生也少。五七班七人，我们五八班九人，有时就两个班一起上课，一起外出参观学习。两个班各有一个女生，我们班的女生王淑贞是我们的"老妹"，大家都护着她。我们的建筑学基础课如中国古代建筑史、建筑渲染、建筑投影、建筑制图，都是特邀清华大学建筑系的教授授课，每个教授都很厉害，说起来就是在清华上课啊。

在一年级上绘画课时，因为其他同学都有美院附中、少年之家的正规美术学习基础，比我这个农村中学来的学生大有优势，绘画成绩显然比我好。第二年我经过努力，追上了。第三年上专业课，因为我有高中时的数、理、化基础，学得很快很好，如平面几何、立体几何、物理知识，这对只会画画的他们来说是很困难的，我反倒轻松得很，跑到同学们的前边了。

1　指女式手表。

在大二时，有一个留苏的机会我失掉了，至今深感可惜。当时学校决定自己培养青年教师，从二年级各系学生中选出五名同学，准备派到苏联留学。建筑装饰系是我入选，后因苏联赫鲁晓夫突然撤走帮助中国建设的苏联专家和设备，中苏关系紧张，而未成行。这是多么好的学习机会，终身遗憾。

以后的四年级五年级搞设计时，我比其他同学有丰富的生活和实践经验，设计起来更如鱼得水。毕业设计我的选题是"农村住宅设计"，这是我作为在农村长大的孩子的长项。当时全国正掀起了新农村的住宅设计高潮，学校为我的毕业答辩，请来好几位全国知名的建筑师，其中就有一位专门做"农村住宅设计"的专家，他对我的设计提出了很多问题，我都一一做了回答。专家们很满意，听说给了我最高分。同年，我的毕业设计在中国最专业的《建筑学报》作为学生毕业设计作业发表了。1963年毕业后，我留校任教。我记得当时在填毕业分配志愿一栏，我还填了清华大学，没去成，大概所有学建筑的人都有一个清华梦。直到1999年，工艺美院并入清华大学，我终于和清华大学沾边了。

毕业留校后，我本该做建筑装饰系徐振鹏系主任的助教，因为当时学院雷圭元副院长的"基础图案"课需要助教，我就临时当了雷院长的助教。"文革"期间，轰

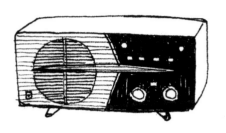

日本 EE-485型

日本 CB-427型

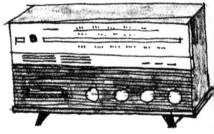

英国

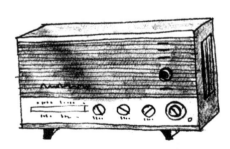

日本 UE-740型

日本 EE-605型

設計：农村住宅

校：中央工艺美术学院

者：楊占家（五年級）

教师：奚小彭　潘昌侯　談仲萱
　　　梁世英

日期：1963 年 6 月。

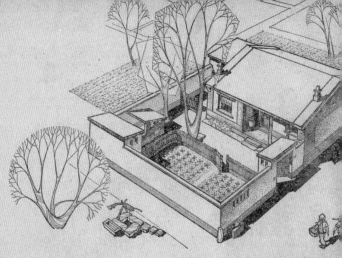

鳥瞰图

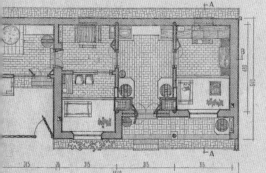

正房及貯藏室平面图

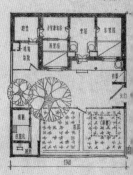

院落布置图

A—A剖視图

B—B剖視图

文 陳叔亮 カメラ 黄胊朋

中国の工芸は、優美な民族的風格と長い歴史をもち、昔からひろく庶民のあいだで愛されるとともに、世界美術史上でも重要な地位を占めてきた。

解放後、工芸は急速に新分野を開拓したが、在来の工芸も例外なく回復し、発展をとげた。工芸が発展してくると、多くの設計者が必要になり、そこで中央工芸美術学院がうまれた。

中央工芸美術学院は中国最初の五年制高等工芸美術専門学校で、陶磁美術科、染織美術科、建築装飾科、印刷工芸科、装飾美術科の五つにわかれている。

工芸品の設計をいっぱんの生活上の必要や審美観にマッチさせるために、学院では一貫して、民族芸術や民間芸術の伝統を学ぶことを強

副院長の雷圭元氏は有名な図案家。写真はその授業風景。

若い工芸家の養成

建築美術科の学生が設計した農村住宅の模型

动全国的一幅油画《毛主席去安源》的执笔者刘春华就是我那班的学生。刘春华毕业于沈阳鲁迅美术学院附中，典型的东北人，为人忠厚老实，很有礼貌，绘画基本功扎实，出了大名也不张扬。他本名叫刘成华，刘春华是后来江青给改的，听说当时江青就爱给人改名字。

一年以后，我回建筑装饰系做徐振鹏系主任的助教。徐主任让我和他合编《中国家具史》和《西洋家具史》。我翻阅了很多资料，跑了很多图书馆，画了很多插图。记得到中国历史博物馆资料室查资料时，我几次遇到长篇小说《边城》的作者沈从文先生，有时候就坐在他的对面。当时沈从文先生正在编写《中国古代服饰研究》。直到八十年代，才听说这本书历尽周折出版了，我马上去买了一本，以后在影视界的美术组和服装组都能见到这本书，是经典之作，权威之作。

*46 页图：二十世纪六十年代资料收集法 —— 画下来。

*48 页图：右下照片中，是正在设计毕业作品"农村住宅设计"的笔者，被收录于《人民画报》（日文版，1963 年 11 期）。

五

无边无际的红化

画画，或者说搞艺术，可以改变一个人的命运，也可以让平凡的小人物有尊严。

毕业后我留在中央工艺美术学院教书，因为在家乡有点名气，家乡的电话辗转找我，拜托我帮忙。我在北京并没当官掌权，能帮什么忙呢？我很诧异。原来是武清县粮食局局长找我，说粮食局有一面白墙，正对京津公路上的杨村大桥，行人汽车一上桥就能看见，局长想委托我在这面墙上画一幅巨型宣传画。当时我家就在粮食局对面的武清县银行院内，我回家时正好顺路去看。粮食局长热情地迎出来，满脸堆笑使劲握手，他认出我是北京高校的美术教师杨占家。事情真巧，我也一眼认出他来，他就是当年恨不得一枪把我毙掉的干部老爷。

记得建国初期，我还在上小学，约十三四岁。有一天我和我父亲下地犁田，我在前边牵着牛，父亲在后边扶着犁，吃力地在大道上走，准备到田里去，忽然看见前边有一个骑自行车的人向我们冲来。因为我们有牛又有犁，转向不便，他应该给我们让路，可是他竟不让，直向我们冲来，一头撞在牛犄角上。他扶起车子就向我们大发脾气，说我不长眼，想挥拳打我，又伸手去掏腰上的枪。解放初期，一般县、乡干部都配木套盒子枪，当时我都蒙了，我父亲也吓坏了，就像《白毛女》戏中杨白劳恳求黄世仁一样："您高抬贵手，饶了这个不懂事的孩子，放过他吧！"几乎要给他跪下。没天理了！当时农村没有交通规则，因为他有枪，他是国家干部，大路就该他一个人走吗？！

父亲为我求饶，那是我一生难忘的羞辱，但顾及局长的脸面，按下旧事不告诉他。没几天就给他画好了，内容是"支持越南人民抗击美帝国主义！"的巨幅宣传画。粮食局长一再道谢，宣传画给他长了脸，宣传效果很好。武清的乡亲们看了都说好，人画得真像是活的，还说北京的大学教师、能出入人民大会堂的杨占家水平就是高。

1962年，我参加人民大会堂"北京厅"内部装饰设计。人民大会堂是1958年十大建筑之一，一年内建成，室内装饰做得很简单。几年后，人民大会堂决定重新装修"北京厅"，需要工艺美院出人力重新设计，总方案由我们建筑装饰系出。北京厅在大会堂主席台左右两侧，共四个大厅，便于毛主席会间休息。设计要求有北京特点，要出现红木家具、景泰蓝、漆雕、中式屏风。

毛主席休息室要有床、书架和沙发。沙发由当时北京木材厂一位老师傅负责设计和监制，毛主席特别喜欢，后来给毛主席在中南海的书房也做了一套，就是后来在电视新闻中毛主席接待外宾常见的那一套。屏风中的装饰画是由中央美术学院著名画家黄永玉和周令钊合作画的。黄永玉总是左手大烟斗，右手一支很短的铅笔，像个烟头——大师不愿意用长的，短的画起来灵活，还有一块橡皮，擦擦画画，画画擦擦，画很快就露出面来，真是名副其实的大师。

我因穿戴简朴，当时每进人民大会堂，警卫都不让进，只好给大会堂办公室主任打电话。当时没有像现在胸前挂个出入证的习惯。在人民大会堂工作期间，总是有服务员忙上忙下，轻言细语，桌子上满满地摆着高等茶叶、高等烟、铁筒大中华。可惜我不吸烟不喝茶，太亏了！

另一项任务是周恩来总理专机的内部装饰。当时周总理去非洲十国访问，每到一个国家，华侨都要参观一下飞机。机体是苏联制造的，我们造不了整个飞机，但内部装饰可以改成我们中国的风格，这个工作找到我们建筑装饰系来干。当时正是我国三年自然灾害时期，吃得很差，然而我们在北京西苑机场工作，每天吃的是空勤灶。我在学校早点是一碗稀饭、一个馒头、一小碟咸菜，中午晚上，两个馒头、一个炒白菜。而在机场，早点是花卷、面包、牛奶、煎蛋，中午和晚上好几盘菜，有荤有素，大米饭随便吃，真是神仙过的日子。

1964年学校派我去参加日本在北京苏联展览馆（现北京展览馆）举办的日本工业展览会工作，当时中日还没有外交关系。工作中发现问题要通过翻译解决，我常发现他们因为不了解现场，图纸是画错的，与实际情况不符，要改图纸。日方工作人员特别谦虚认真，马上伏身双腿跪在地上改图，并连连道歉，表示对不起，怕我们不高兴。

在这个展览会上，我看到很多世界先进的技术，展区里进行挖掘机表演，操作自如，掘臂真像人手一样灵活，可做很多动作，真是大开眼界。现在我国徐州的"徐工"也达到这个水平了，在国际市场上声誉很好。我在这个展览会上认识了日本的日立、三菱、松下等名牌，还第一次见到可换刀片的美工刀，还有钢卷尺，眼睛都红了，当时我们还用落后的木折尺，日本把我们远远甩在后头了。

有一件事，可看出日本美工师的智慧，我们真佩服。当时日本要在展览馆广场上树一个广告牌，很高，考虑北京风大，水泥地又不能生根固定，日方提出要用麻袋装黄土压牢。我们告诉他们中国的黄土有价，不能白用，要花钱买。显然是中方故意难为日方，结果日方美工师想出了非常高明的方案。展览布置完，日方剩余很多尚未开箱的钉子箱，用钉子箱压比用黄土压还好，既方便又干净整齐，佩服佩服！

在展览馆广场的旗杆上升日本的"膏药旗"，那时候，中国人很反感它，希望北京的大风把它吹烂、吹破。日方非常聪明，为了防止大风对旗子的破坏，他们特意在日本旗上做四个开口，来降低旗子对风的阻力，减小风对旗子的破坏力。这样缓解风力的设计，我们在九十年代亚运会上才开始使用。

"文革"以前，我们国家每到国庆节都要举行一次国庆游行，美术总设计都由中央工艺美术学院师生负责，我参加了1965年和1966年两次。

我们在"国庆游行总指挥部"的美术组工作，办公室在天安门内西排房，从南数第二间。美术组的主要任务是整个游行队形方案的制定和实施，最后完成一本非常精致、豪华的"国庆游行队伍效果图册"。在国庆节当天送上天安门给毛主席看，有点像剧院演出的节目单，不同的是，我画的都是游行队伍方阵，不是文字介绍，毛主席看图一目了然。游行安排每年都大致相同，不外乎国旗方队、国徽方队、仪仗大军、民兵大军、体育大军、文艺大军（彩车队），最后是群众大军。群众大军就不要整齐队形，自由行进。文艺大军的彩车内部要储备八个人，准备万一汽车通过天安门时熄火，就马上换人力推。他们在彩车内，过天安门时，什么都看不见，很苦。国庆节前用三个星期天的晚上，要做三次彩排，彩排时我们总指挥部的工作证可在天安门城楼和天安门广场通行，很神气。

主管1966年国庆游行的中央领导是叶剑英元帅，叶帅在彩排前要到天安门广场视察一次。为了了解叶帅对游行的意见，我们国庆游行总指挥部要随行，当叶帅看完游行队伍要回天安门，走到劳动人民文化宫前金水桥时想走近路，执勤的小战士就是不让我们过。随行人告诉小战士这是叶帅，但他对叶帅也不通融，因为我们的通行证是走天安门前的金水桥的。叶帅没有指责那名小战士，老老实实地走过天安门前的金水桥再登上天安门城楼，我们也随行登上天安门城楼，等待国庆游行彩排开始。

在等待彩排前，我还有幸在城楼东侧与万里同志和马力同志聊天。万里当时是北京市副市长，马力是市委书记，后来万里当了副总理，还有"要吃米找万里！"的说法。聊的内容我都忘了，不外乎谈这场火热的运动。当彩排开始，总指挥部领导要我们美术组到天安门城楼中间，也就是国庆节当天毛主席站的地方，聆听当时北京市市长彭真同志和叶帅对彩排的意见。

到了10月1日的国庆大游行当天，我们的工作证就只限于天安门广场和红、灰二观礼台，天安门城楼就不让上去了。国庆游行总指挥部的工作地点在东侧红观礼台的最西端一个小平台上，就是离毛主席最近的地方，看毛主席最清楚。本来得到国庆游行总指挥部通知，国庆游行结束后周恩来总理要到天安门内西排房中间的大会议室接见全体国庆游行总指挥部的同志，后因时间紧，来不及了，就把国庆游行总指挥部全体同志临时集中在天安门金水桥前和周总理见个面，表示周总理对大家的慰问。

周总理和大家一一握手，因为我的学生在我前面，我没能和周总理握上手，但离得很近，看得很清楚。因工作的劳累，总理老多了，但一直很精神。周总理一直对文艺界很关心，北影厂的好多老演员、大导演都受过周总理的接见。至今好多老演员大导演一提起周总理都默默掉眼泪，这是后来的话了。

在我们设计期间，经常有红卫兵来造反，来捣乱。我记得有一次讨论游行队伍方案时，红卫兵提出游行队伍要改由西向东行进，也就是由西单向东单行进，因为毛主席像太阳是从东方升起，我们中国是东方巨龙，世界人民要向着东方的中国前进，不能背着太阳，背着中国向西方前进。后来报中央，中央不批。国庆游行至今都是由东向西，由东单向西单行进。

"文化大革命"期间，全国各地红卫兵借革命为由，跑到北京看毛主席，天安门广场总是集中全国各地的红卫兵。有一天下午，叶剑英元帅到我们"国庆游行总指挥部"视察，还要在总指挥部会议室接见我们。在接见前，叶帅先到天安门城楼上看看天安门广场。在"文革"中，毛主席出现时，总是一身绿军装和军帽，叶帅也是这样，而且叶帅的身材和相貌，远看是极像毛主席的。当广场上的红卫兵看到城楼上的叶帅，以为是毛主席，刹那间，人山人海的红卫兵涌向天安门内外。好在随行的人机智，赶紧让叶帅下天安门城楼，从我们总指挥部的会议室后门也就是中山公园走了。

红卫兵哪里知道叶帅已经走了，死死地围着我们会议室不走，说"毛主席总会出来见我们的"。有的红卫兵见会议室前面停着一辆我们工作用的苏联"胜利牌"小轿车，不知道毛主席的专车是苏联制造的大"吉斯"[1]，异口同声地说毛主席的汽车还没走，总会出来的，僵持了很久。总指挥部的领导不得不站出来和大家讲清楚，狂热的红卫兵才慢慢散去。就这样，叶帅要在会议室接见我们的事被胡乱折腾的红卫兵给搅黄了。

"文化大革命"期间，各大宾馆、饭店都要作红化设计与布置，红到无边无际，红到彻彻底底，以适应"文化大革命"的火热形势。北京饭店当时是最有名的饭店，学校派我带几个学生去完成这项任务，临时住在饭店里。从经济考虑，饭店不会让我们住客房，只是在一个大房间放几个床垫子，叫席梦思床垫，软软的，躺上去人好像掉在窝里，对于我们这些睡惯上下床、木板床的人来说，实在不习惯。吃饭在地下职工餐厅，每天吃折箩[2]，几分钱一大碗，有时是半条鱼，一大块肉才几分钱。听说这都是宴会剩下的，讲究的职工还不吃，对于

<hr />

1　指苏联生产的汽车吉斯110或吉斯115，是二十世纪五十年代斯大林赠送给中国领导人的豪华轿车，防弹性能和保密性能十分卓越。

2　北京方言，也作"合菜""折箩菜"，指酒席吃罢剩下的菜肴，不问种类全倒在一块儿。

我们穷师生来说，这真是难得的补充营养的机会。

北京饭店的红化设计总方案由军管会的主任负责，具体设计方案我负责，具体实施由一位饭店的理发师负责，他的名字记不清了。理发师同志的态度特别好，又细心，由于职业特点，整天面带笑容，说话彬彬有礼，点头哈腰，很像日本人。他经常给中央领导同志理发，有一天，他告诉我：毛主席的老师徐特立到北京饭店来，看到你们的设计很好，他也想让你给他家设计一下。一听说给徐老家做设计，我高兴地答应了。

没过几天，徐老的专车就把我们接走了。徐老的家，原来就在西单商场食品店附近的一个老式的四合院里，后来因为西单食品店发生过一次爆炸事件，徐老的家就搬到西四附近的另一个四合院。当时是徐老的女儿徐乾接待我们。主要看了一下正房的堂屋，像一个客厅，有一组旧沙发，一把旧藤椅，样子好像鲁迅坐的那把，很旧了，还有一台小的黑白电视机。徐老正陪着重孙看电视，一见有客人来，马上站起来，动作很慢，腿不听话了——和我现在一样。徐老笑眯眯地和我握手，我刚和理发师同志学会了点头哈腰、毕恭毕敬，下意识就用上了。

那年，估计徐老有九十岁了，他没有和我们多交谈，也不提要求，只是笑，笑得可亲。看得出，徐老对毛主席的尊敬、崇拜和老百姓一样一样的，真是伟大的老师。

我马上工作，测量一下厅的尺寸，柱子的高和直径，很快就给徐老家客厅设计了一对抱柱匾，北京饭店的木工师傅很快就给做好了。木雕、红地、贴金字，非常精致、漂亮，进入客厅第一眼就能看到，上联"伟大的中国共产党万岁"，下联"伟大的领袖毛主席万岁"。徐老很满意。

装修完不久后，就听说老人家走了，北京饭店的理发师同志还特地接我去徐老家吊唁，给徐老遗像三鞠躬，当时我已经回校上课了。有一天，校门口停了一辆"吉姆"[1]轿车，当时苏联产的"吉姆"轿车，是中央首长用的，是徐老的女儿徐乾来找我，要我给徐老设计一个骨灰盒，要得很急。徐老女儿说：徐老一生简朴，不张扬，虚心待人，在骨灰盒的设计上要体现这个精神，不要像其他人搞的那样大理石贴金过于豪华，我一听就明白。

图纸一下子就设计出来，根据徐老的高尚品德，我的设计像中国传统祖宗牌位形状，使用最好的楠木，质

---

1 指苏联高尔基汽车厂 1950 年至 1959 年生产的 GAZ-12 ZIM 型高级轿车，一般供苏联部长级领导干部使用。ZIM 是 Zavod Imeni Molotova 的缩写，三个字母发音类似"吉姆"，五十年代，斯大林赠予中国领导人多辆此车。

感坚实细腻，正中央是徐老的陶瓷画像，下面是徐老的简历，由我院书法家陶如让老师撰写，没有雕刻、描金，显得朴素而尊贵。当时没有相机，资料没留下，若干年后我很想再看一下。儿子上网查到徐老的骨灰已经进入八宝山革命公墓，观众只能看到一尊徐老的大理石雕像。当时我设计的骨灰盒一定一同埋入墓中，永远看不到了。

六

京津公路上的飙车族

六十年代，我爱人是大专工资四十二元，我是大本工资五十六元，当时每月收入近百元的家庭应该说是富裕户了。只因我赡养老人、孩子小，又两地分居，生活也算紧的了，花钱得处处小心，能省就省，能不花的坚决不花。看，不留神又说到"省钱"了。那个时代，家家都省着过日子，抠门的高招多着呢。

我爱人为离北京近一点，从河北沧县银行调到了武清县人民银行工作，经常下乡劳动，为了节省体力，买了一辆当时最便宜的天津产红旗牌26寸加重自行车。我爱人看我更需要，就让我骑到北京来了。

我家到北京一百八十六华里，如果坐火车回家，我从学校出发，得先坐公交车到永定门火车站，也就是现在的北京南站，路上需一个半小时。我家是铁路小站，只有慢车，火车上用两个小时，下了火车没有公交车，再步行一小时到家，四个半小时没了。如果我从学校骑自行车回家，赶上顺风也就四个多小时，这样一步不走就到家了，岂不比坐火车痛快又省钱吗？而且回到家后还有自行车用。在工艺美院教书时间比较自由，每周六下午就没课了，我可以周六吃完午饭就出发，晚上可以在家吃晚饭。周一如果没课，我还可以周一早晨出发，中午可以在学校吃午饭了。

学校到我家，骑自行车要走北京到天津的京津公路，开始要走朝阳门至通州的朝外大街，路窄车多不好骑。特别是京津公路约有一半路程是用一米见方的水泥块铺的，每一米就有一条缝隙，自行车跑起来非常颠，车速很慢。

没几年后，京津公路从建国门直到天津一律铺成又直又平又宽的高级柏油路。从学校出发，如果赶上西北风，四个半小时准能到家了，赶上七八级大风就是四小时，那人也吹僵了。想当初我年轻气盛，身体又棒，在公路上不能有人骑车超过我，有点像现在的年轻人"飙车"，总要跑到别人的前边，有一次就让我不痛快了。

一个年轻人骑着可变速的自行车，他故意逗我，一会儿快，一会儿慢。我骑的是26寸加重自行车，哪能跑过可变速的赛车，我甘拜下风，不和他比了。

我是个爱动脑筋、爱搞发明创造的人。我根据赛车可变速的原理，到学校附近的废品收购站，买回一些自行车零件改装我的自行车。我在原来的中轴轮盘上加装上一个大轮盘和一个小轮盘，在后轴加一个可调节自行车链子长度的装置，就改成了只有快、中、慢三个速度的简易变速自行车了。后轴飞轮齿数不变，中轴轮盘齿数多的大轮盘就是快速，齿数少的小轮盘就是慢速，原来的轮盘是中速。顺风用快速，顶风用慢速，平时用中速，在实践中效果还不错，只是变速时得下车换链子，不如赛车可在骑行中变速那么方便。但我这是少花钱又便于改造的土方法，老百姓都能把自己的普通自行车改成可变速的自行车。我还自我得意地把我的改装设计图纸寄到天津自行车厂，人家没理我，我很失望。

历史教训告诉我，骑自行车出远门，一定要带水和干粮。有一年寒假我有事提前回学校，又赶上西北风，那可是逆风啊！骑车走一半路程时，又渴又饿又心慌。当时正赶上春节的正月，路上的饭馆都没开门营业。我实在骑不动了，只好推着自行车走。走了很远很远几乎虚脱了，当时真想进村讨饭，就是拉不下这个脸。走走停停，天黑了才回到学校，歇了一夜才缓过来。

还有一事，我现在想起来还后怕。当时我骑自行车回家，正赶上雪后路滑，骑到拐弯处，不小心摔倒了，摔出十多米远的马路中间。如果后边有汽车，我就活不

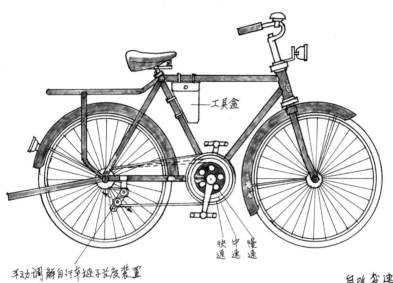

工具盒

快速 中速 慢速

手动调解自行车链子换段装置

自改变速自行车
2018.4.30

成了。扶起自行车，发现脚镫子的大腿摔弯了，不能骑了，怎么办？只好推车前行，做好半夜到家的打算。天无绝人之路，突然发现路边有一块石头，我马上把自行车平放在路边的里程碑上，用石块用力砸轮盘大腿。自行车的质量也太差了，没几下就把轮盘大腿给砸直了，又可以骑了，真高兴。

每次回到家，星期天要做三件事：一是用平板车到五里地以外的火车站买煤球和劈柴，这是生活必需的，像现在北京的煤气一样；二是到水站排队挑水，挑满水缸；三是回八里路以外的老家看爸爸妈妈，如果步行，往返要两个小时，苦了我的腿，骑自行车呢，一个小时就够了。

还是骑自行车回家好吧？！

更让我难忘的是，1983年6月15日，我突然接到老家电报："母亲病危"。我连夜骑着自行车往家赶，与母亲见了最后一面，这就是我那辆自行车的功劳。如果坐火车，肯定遗憾终身。

在北京工作，这个样心奔着家、顺风往天津骑的好日子并不多。那个年月，我一个普普通通的教师也被数不清的运动弄得一千里周转，有家不能回。1965年搞"四清"去邢台，1970年下放到石家庄27军农场劳动，没有正经教学，更别说艺术创作。国家花钱养活起来的大学生，白费了。

七

爱洗头的公社书记

"文化大革命"以前，我们学院凡是国家安排的社会运动都要参加，比如"四清"、"支农"，专业教学的时间常常被占用，而"文化大革命"是完全停课闹革命。

　　1965年我校根据中央指示，全院停课到河北省邢台地区各县参加"四清"运动。所谓"四清"就是发动群众揭发批判农村大队干部的不良工作作风，怕在运动中有私情，互相包庇，走过场，采取互换搞运动的方式，也就是我到你们大队搞运动，你到我们大队搞运动。我们从北京远道而来，两眼一抹黑，谁知道要怎么运动。

　　工艺美院的师生分散在邢台地区管辖的几个县，我一个人被分在从邢台市进任县的"第一村"河头村，住的是农民废弃的牲口棚，牛粪味呛人，没有床铺，没有土炕，垫一尺厚的麦秸，再铺一张苇席就是床。

冬天靠什么取暖？靠一个铁桶和黄泥做成的简易煤球炉子，没有烟筒。虽然是四面漏风的土棚，也怕夜里中煤气，得熄火。第二天早上起来，再生火。进门处有一口水缸、两个水桶、一支扁担，因为每晚开会，我做记录，特别给我准备一套小学生用的桌椅。晚上照明是一只瓦数很小的灯泡，光线很弱，开会做记录很费眼。

我们大队的工作组组长就是别的公社的书记，后来为方便工作，书记让我和他住一个屋。这位公社书记很严肃，总端个架子，不会笑，话很少，叫我做什么都是用手势。比如他要喝水，他就指一下他的把缸，我得马上递过去；他手一指炉子，我就得马上去捅炉子，加煤球，给水壶加水；他要指水缸，我就得去挑水；他要指桌子，就是要我写的会议记录，揭发会后无论多么晚，我都得把会议记录整理一份交给这位公社书记。

看样子他才比我大十来岁，留着分头，头发又黑又亮。他特别爱护他的头发，爱洗头，隔天一洗，这在农村太稀罕了。他一摸头发，脱了上衣，就是要洗头了，我得马上给他准备脸盆和热水，一个脑袋要洗好几遍，我就得给他换好几次水。慢一点他就不高兴，但不发脾气，就阴着脸，那不和发脾气一样吓人嘛。他是我的领导，一次两次还可以，时间长了，我心里就不平衡了，我多少是个大学老师！你的公社书记未必比我大学老师

071

级别高！所以我们的感情不是很好，只保持一个领导和被领导的关系。然而我和另外几个年轻干部却很融洽，大家平等相处，互相帮助，互相尊重，每天都有说不完的话。

工作组刚进村时，要和群众打成一片，每天吃派饭，还要每天换一家。老乡知道我们是"四清"工作组的，我又是从首都北京来的，千方百计想把饭做好。但当地刚经过三年自然灾害的"洗礼"，确实没有粮食，巧妇难为无米之炊，每顿都是蒸白薯干和白萝卜条汤，好的人家多一小碟咸菜和一小碟蒜汁，这个标准就是把你当佛祖了。

我除了晚上开会做记录，白天有时和老乡一起下地干活外，还要写大标语、办好"黑板报"。这是我这个来自美术学院老师的长项。我用彩色粉笔把黑板报画得很丰富，有文字有插图，老乡们都爱看。

和当地老乡打交道时，我发现男同志的头发都很长，很脏，原因是没钱理，也没有人会理。我就托去邢台办事的同志帮忙买一把推头的推子，每天中午利用休息时间为大家理发，一天理好几个，全村的男士都给理了一遍。

这么说吧，以我个人的"四清"贡献来说，就是帮领导洗头、给乡亲理发，写会议记录、用白灰刷标语，你说浪不浪费？可不可笑？

河头村的房子有个特点，每家和每家的房子都是连在一起，朝北的砖墙为防寒防风防盗不开门窗，形成一条长长的灰墙，旁边又临公路，特别显眼，是写大型标语的好地方，手痒吧？我发挥我的本业，不花钱不用梯子和板凳，用一根竹竿就行了。竹竿前头绑一支白色粉笔，数着砖缝画出字间距，打好美术字的草稿，再把竹竿前头的粉笔换成布团，沾着白灰水描成美术字。因为砖缝横平竖直，所以描出的美术字也横平竖直，工整漂亮，再加上灰地白字，每个字有一人多高，远看特别壮观，标语是：将四清运动进行到底！完工后，我远远地蹲下，暗暗欣赏，真有气吞山河的感觉，四清运动就应该进行到底嘛。

你看，无论是不是真理，哪怕它是歪理，只要费劲写下来，只要字号够大、字体够端正，写的人、看的人就会相信。

进村搞"四清"，领导要求我们进村后有枣没枣打三竿，宁可错打不能放过，先让大队干部靠边站，特别强调要找好"根子"，根子要扎对，也就是要发现和看准"四清"运动的积极分子，在积极分子的带动下，彻底揭发和批判有错误的大队干部。在和我同屋的那位洗头书记的领导下，我们找到一个有点文化、能说会道也敢揭

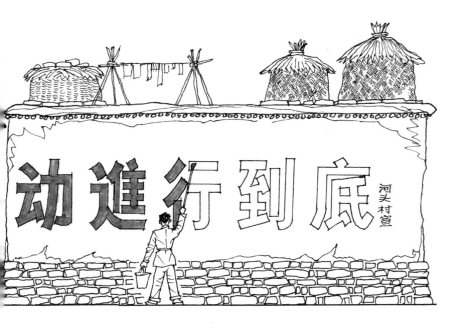

动進行到底 河头村宣

六十年代我院在邢台搞"四清"运动时写大标语

2018.5.4.

发的年轻人，根子扎对了，全组都很兴奋，顺利完成了任务。后来等我们的"四清"运动结束了，回到北京，才听说我们扎的那根子错了。那年轻人和大队长有私仇，大队长只是犯点小错误，又官复原职了，等于我们搞了半年的揭发、批判、斗争，都是白忙活一场。那时候农村确实有贪污腐败的干部，但大多数干部都是好的，任劳任怨，想带着村民过上好日子，好的倒常常被一棒子打蒙了。

邢台地区的房子还有一个特点，整个房顶是平的，是用白灰和砂子夯平的。灰砂干燥后很坚固，太阳出来可晾晒粮食，太阳下去了，可以吃饭、喝茶、聊天、乘凉、睡觉。因为屋顶通风好，敞亮，凉快，我们吃派饭的时候都是房东大娘把饭送到屋顶上的，我们于心不忍，主动等在上面接着。当地还有一个怪事，你看挑水的都是老太太，多是小脚，干重活特别吃力，我们北京人看着很不舒服。听说要是男人挑水，就是怕老婆的表现，让同村人耻笑，老婆也不光彩。

"四清"运动结束，工艺美院全体师生都回到邢台市，邢台地委书记为了表示慰问，让我们在邢台市休息两天，住最好的宾馆。半年没照镜子，半年没洗澡了，好好洗个澡，换换衣服，每顿大鱼大肉，吃饱吃好，补补身子。白薯干和萝卜条终于滚蛋了。通过镜子才知道，我除了政治思想得到锻炼外，最大的收获就是瘦了，苗条了，脸长了，眼睛大了，头发少了。

1965年回到北京，1966年3月8日早晨五点半河北省邢台地区发生了强烈地震。因当地的房屋构建没有梁架，采用白灰砂子夯实的平顶，屋顶特别重，地震时屋顶塌落，伤亡更加惨重。我们曾经工作的地方正是震中区，当时和我们一起工作过的同志有不少遇难了，不知那位爱洗头的公社书记是不是平安……

八

粥锅和土豆都争气

1966年，"文化大革命"开始后，我们学院首先打倒走资派院党委书记和院长，打倒一切有声望、有成就、有学识的反动学术权威。有名的教授，副院长张仃、雷圭元当然就被"文化大革命"先锋的红卫兵打成"反动学术权威"了，资料室保存多年的名画和古籍拿出来要烧掉，素描课用的石膏像：维纳斯、大卫、拉奥孔、海盗、布鲁特等等，都要搬出来砸掉，罪名——它们都是"封、资、修"。当时大字报和大标语席卷全校、全北京、全中国，这是"文化大革命"最好用的武器，一夜之间就可以把一个人打倒。

　　我是刚留校任教才几年的年轻教师，自然认为自己是革命者，还很得意，也参加写大字报。突然有一天我在大字报群中发现有几张是给我写的，说我是反动学术权威雷圭元的帮凶，也要打倒。眼前一黑，我马上紧张起来，还好，就发现那么几张，以后就不见了。已所不欲勿施于人，我老实了，不写了。

"文革"期间，有很多特殊形式的东西，比如，每个单位的大门口都想竖毛主席塑像。在大型公共建筑的广场上竖的毛主席像越来越多，以表对毛主席的崇拜和敬仰。在这种形势下，中央美术学院的雕塑系可红了，工作多得干不过来！

我们工艺美院的雕塑不如中央美院，但装饰画比美院强，当时学校创作了不少有名的宣传画，北京人都见过。"文革"期间，在天安门广场上的人民大会堂北门外和革命历史博物馆北门处各有一块高约三层楼、长约三十米的标语墙。人民大会堂这块由工艺美院负责使用，革命历史博物馆那块由中央美院使用。宣传画和标语要经常更新，更新时间就一个晚上，要像从天而降似的，不能让老百姓在白天看到更新工作。

二百多平方米的墙怎么干，总有聪明人来规划。办法是先把大标语墙的尺寸按缩小比例，设计成小画稿，然后再在小画稿上用一整张纸的尺寸缩小同样比例在小画稿上打格，并编上号，也就是小画稿上的每一个格子整好是一整张纸，然后按着小画稿上的图形和颜色画在一整张纸上。颜色要统一调好，放在洗脸盆里，大家公用，一百多张纸一个夜里要画完并按图编上号，之后马上有专人拿到天安门广场上的大标语墙上贴，等早晨北京人上班时就看到了更新的宣传画。两块巨幅宣传墙就由北京的两大美术学院比着画，暗中使劲，看谁画得好！

当时在全国还有"红海洋"之说，就是把整街的墙面和柱子都涂上红油漆，再在上面写黄色和白色标语和毛主席语录。北京还好一些，北京大街没有那么多柱子和墙面，在江南有骑楼的城市和地区如广州、广西，整条街的骑楼柱子和墙面都涂成红色，像海洋一样。我想"红海洋"使全国油漆厂和油漆店发了财，但国家倒霉了，浪费的钱海了去了。"文革"结束了，要想恢复原来街道的样子，还要花费一大笔钱！

"文化大革命"产生了红卫兵，红卫兵就是"文化大革命"的标准形象，全国统一，都是一身军装，右手拿着毛主席语录，胸前戴着毛主席像章，一个绣着"红五星"或"为人民服务"五个字的绿色挎包，一条皮带，皮带兼武器，可以打人。我在北京国庆游行总指挥部美术组工作时，就曾有我教过的学生拿着皮带站在我身后，非要把国庆游行队伍从东向西走改成从西往东走。我们不同意，真怕他们的皮带挥上来！恨不得脑后长只眼。"文革"中红卫兵打人随便，学校里多少老师遭了殃，有被打死的，有含冤自尽的。

就是因为有冤假错案，1970年5月20日那天，按周恩来总理指示，北京所有艺术院校和文艺团体都到各部队农场劳动锻炼。听说这是总理为保护文艺人才的安排，当时北京闹得太厉害，幸存的知识分子该出去躲躲了。

中央美院在保定第38野战军农场，工艺美院被分配在石家庄第27野战军农场劳动。所谓农场劳动，就是住在农民家里，到河滩上的田地上干农活，或者在家里开会学习，开斗争会。我当时哪派都不是，看着挺忠厚，出身过硬，被安排在连队炊事班工作。

在炊事班，连指导员告诉我们的主要任务是为全连师生做好三顿饭，其次是搞好政治学习，指导员让我负责炊事班的政治学习。学习资料都是一样的，不难，可是少时离家，我一点下厨经验也没有，当厨工得下功夫去练习。

炊事班是在一个老乡院子里，白手起家，自己动手，搭席棚、砌炉灶，把老乡的牲口棚打扫干净，铺上麦秸做宿舍，什么苦都不在话下。

我从小爱动脑筋，搞发明创造，本来要用扁担挑水，改造成用胶皮管子直接把水从井台引到锅里，节省体力，效率高了。这样的设计，是为了熬全连的小米粥，熬粥的锅，你们想象不出那锅有多大！要多少水，多少米，要稀稠合适，得跟小米和粥锅讲道理，做"教案"。还有圆咕隆咚的土豆，进农场一个月，土豆切块切片切丝我都练出来了，咔咔咔，菜刀下去，横平竖直粗细划一，那效果一看就是中央工艺美院毕业的——地道学院派！粥锅和土豆都争气，我在炊事班就不着急了。

连里的师生每天要长途步行十五里地去农田劳动，炊事班要负责送饭和开水。开始是肩挑，每担足有六十斤重，走十五里地要中途休息四五次，劳动强度之大沙僧也干不了。我就发明了送水送饭车：用两根粗竹竿，绑在排子车的轮轴上，一次可送十二桶开水，相当于六个人挑；每个水桶上加一个减震弹簧，水面上放一块木板，开水就不会溅出来了，减轻了体力劳动，高效率、零排放。这车还可以同时送饭，一车两用，受到连长指导员的表扬。

我们在部队农场劳动住的李村距石家庄有二十多里地，没有公交车，进城基本都是步行，大家也就不进城了。但是在农场一干就是两三年，手表总会有坏的时候，大家就派一个人把要修的手表集中起来，一起进城去修。手表放在哪里最安全方便？那就是戴在胳膊上，一只胳膊上可戴八九块表。被派的这位老兄，步行二十多里去石家庄给大家修表，是多么可敬可爱啊！

就是这位好人，在石家庄大街上竟被公安局抓起来了，人家怀疑他是偷表的。审问时，这位老兄装聋作哑，拒不作答，因为他心里有数，真相一查就清楚。气得公安

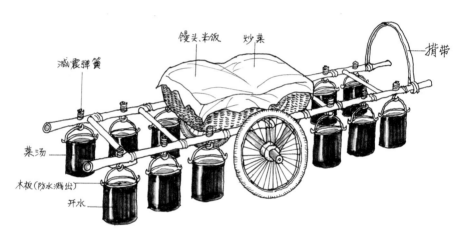

减震弹簧

馒头、半饭　　炒菜

背带

菜汤

木板(防水溅出)

开水

用平板车轮改造的送水送饭车

2018.4.30

人员哭笑不得，不得不给他的部队农场领导打电话，真相大白。原来此人是为农场的同事们办好事，是活雷锋，不是偷表的，马上放人。哪能这么容易？！"你们是误抓好人，我要到北京公安部告你们……"石家庄公安局害怕了，此君来时是步行的，回去是公安局用专车送的，他很得意。农场的日子太枯燥了，这位老兄自己解闷儿呢。

为了改善师生的伙食，在专管师生生活的白振欧老师的带领下，炊事班自己养猪，养鸡，养鸭。养猪的负责人是著有《中国工艺美术史》的权威教授田自秉老师。田老师以研究历史的态度认真养猪，把猪养到五百多斤，像个小牛犊。过年时舍不得杀，那大个头儿杀也杀不动，全连为这事着急。

躲过批斗、到了部队，我们的老院长、老教授、大画家精神放松了，努力改造思想，风里雨里每天步行十五里去田间劳动。全国著名的大画家吴冠中就在我们连队，吴冠中先生那幅著名的《房东家》就是这时候画的，吴先生给老乡的院子留下一幅传世名作。对我来说，冥冥中我的农村生活经历被砸瓷实了，几年后做电影美术设计都用上了。

我们在农场劳动已经两年多了，什么时候回北京？什么时候复课？没人知道，总觉得遥遥无期。

1972—1984

九

火速回京

1972年8月，突然有一天，连指导员通知我速回北京，我问指导员，我们还回来吗？行李带走吗？粮食关系转吗？指导员斩钉截铁地说通通带走。当时我想，管他呢，回北京就好！除我之外，还有装潢系的陈汉民老师，陶瓷系的侯德昌老师。回北京报到的介绍信由我带着，沉甸甸的，一去六百里不知是福是祸。

　　部队通知我们到北京后先到虎坊桥的东方饭店（当时是国务院文化小组人事处）找某某同志报到，后到小西天电影局（老北京电影学院）找何云同志报到。报到后干什么，不知道也不敢多问，糊里糊涂的我和陈汉民老师被汽车拉到北京电影制片厂，侯德昌老师被拉到中央新闻纪录电影制片厂。

　　到了北影，是当时的军代表黄主任接待的，这时才知道让我们改行搞电影。我和陈老师马上提出我们热爱工艺美术教学，不愿改行，还是把我们送回石家庄部队农场吧。我还是回去熬粥，陈汉民老师说要回去种地，至少是跟学校老师和同学在一块儿。真见鬼，天天盼着回北京，此时倒觉得农场亲了。黄主任见我们很坚定，马上客气地说："不着急，先干干看，不喜欢咱们再商量！"

原来，北京电影制片厂军管后，由北京中南海8341部队政委狄福才同志领导，上影和北影合拍的革命样板戏《海港》要重拍，就由他一手负责，到中央工艺美术学院请专家可能是他的主意。《海港》是八大样板戏之一，中年人、老年人大概都记得那句风靡全国的唱词："大吊车，真厉害，成吨的钢铁~它轻轻地一抓就起来~~~~"

《海港》是由"南谢北谢"——谢晋、谢铁骊二位大导演合作执导，摄影是当时北影厂著名摄影师钱江老师。原片审片时，以江青为主的中央领导不喜欢，挑了一堆毛病，纠缠不放的问题是不能像美国彩色电影那样"出绿"——美国电影的树木草原是浓艳的绿色。"为什么不能像美国片那么绿？"旗手不高兴，就成了那个时代的重大责任事件了。中央决定重拍。

当时，在全厂职工大会上，狄福才军代表讲："我们从中央工艺美术学院请来两位专家，帮助我们解决《海港》影片的色彩问题，大家要合作，不要搞排外！"我和陈汉民老师被分配到《海港》摄制组的美术组，在陈翼云和晓滨老师领导下主攻影片的色彩，我们做了很多色标，准备在布景上用。以前北影搭景时用的色彩很简单，灰色就是黑加白，墨汁加大白，不知道灰色有很多种，有冷灰和暖灰，偏蓝的灰或偏黄的灰。有了许多色标后，布景的颜色就丰富了，给摄影师的创作提供了丰富的色彩基础。

经过摄制组各部门的努力，影调比以前好多了，色彩层次、明度、饱和度有了整体提高。"出绿了"，中央领导看了很满意，《海港》重拍审片通过了。这样就给北影领导一个印象，是外请专家起了大作用，请对了。其实不是，最主要的还是摄影起的作用，我们只是给摄影提供了丰富的色彩基础，再加上我在中央工艺美术学院教的是建筑装饰专业，与"电影美术"很接近，都是搞大的空间艺术，对搞电影场景很有帮助。军代表就希望陈汉民老师和我务必能留下，而陈汉民老师教的是装潢美术专业，爱好平面艺术，改搞电影场景的空间艺术有些困难。好说歹说陈汉民老师还是坚持回学校，军代表拗不过他就放行了。

我留在北影厂凑合干吧，年轻轻的，总比回去熬粥有成就感。一年后学院也回京复课了，学院几次调我回校，北影厂不放，再加上大导演谢晋劝说："你看我们国家的文化工作最普及的是电影，老少皆宜，有文化没文化都能看得懂，都喜欢，宣传效果又好，这样的工作你不愿意做，多可惜！"谢导的一席话让我很受启发，大导演相劝，北影厂又有诚意挽留，自然就留下了，不成想这一干就是四十多年。

确定留下，我的心也踏实下来，立志换专业从头再来。一进北影厂，我就师从陈翼云老师，陈翼云老师是带我入门的恩师，也是半生挚友。我在北影厂努力从原来的"建筑装饰"转到"电影美术"专业上来，很快就把北影资料室里有关"电影美术设计"理论的书看完，专心研究电影美术了，后来又在和北影厂著名美术师秦威、俞翼如、张先得等几位前辈的合作中学到了很多知识和本事，也就坚定了自己从事电影美术工作的信心。

十

学院派制图法

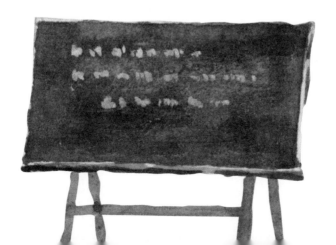

从中央工艺美术学院的教师，到农场炊事员，荒废了两年多的时间，忽然空降到电影厂的美术工作室，我慢慢摸索着工作，一方面向前辈学习，一方面把工艺美院能适用于电影的工作方法都带过来，为电影美术的创作贡献个人力量。

2007年我在电影《功夫之王》摄制组时，有一位意大利老美术师还在方格纸上用铅笔画图，复印时一片模糊没法用，他说习惯了。我有点惊讶，我们北影厂在七十年代已经淘汰了方格法。

历来国内外搞电影美术设计的制图方法都是在方格纸上作图，不标尺寸，方格就是比例，就是尺寸，施工的时候要数格子。北影厂的制图法是受苏联影响，也是在方格纸上画，置景工人也习惯数格子，摄影棚里照明差，看不清，工作起来很吃力，容易出错而且效率低。

工艺美院使用的是建筑行业通用的绘图方法，就叫它"学院派制图法"吧，或者叫"建筑业制图法"。在白纸上画，用比例尺，标尺寸，一目了然，再不用数格子了，图纸黑白分明，看着痛快，更不容易出错。要知道置景施工的错误修改起来特别费事费钱。一开始北影厂的美术师和置景师傅都不习惯，后来经过实践证明这个制图法一旦上手就特别好使，很快就在北影厂美术办公室推广开来。好处还在后边呢，新制图法方便复制，也就是晒图[1]（要画在半透明的硫酸纸上），传统的方格纸是不能复制的，这新方法在有复印机之后就更方便了。

样板戏《海港》过审后，1973年我马上进入到革命样板戏《杜鹃山》的拍摄准备工作中。《杜鹃山》讲的是井冈山农民自卫队的故事，导演谢铁骊，摄影师钱江，二位大师把京剧舞台艺术片的摄制提到了新高度。我们美术组在陈翼云老师的带领下，大胆尝试创新，把戏剧舞台的"三面墙"推倒，在棚内搭满棚景，四面景，有山景，峭壁、松树、瀑布、藤葛、竹林、溪水，给导演、

1　指将涂有感光药品的图纸衬在待复制图件的底图（硫酸纸）下，用灯光或日光曝晒使其产生化学反应，再经水洗显像而获得图件复制品的图件复制方法，因性价比高，广泛应用于建筑工程图、机械图等领域。

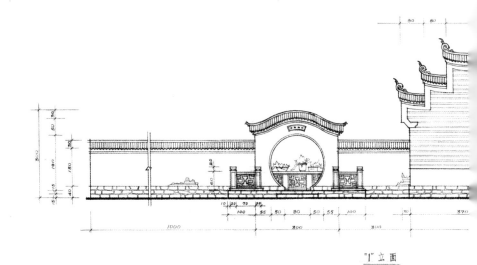

"1"立面

"2"立面

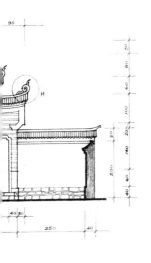

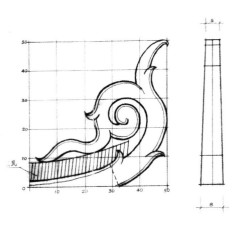

"H"详图 (1:5)　(作10对)

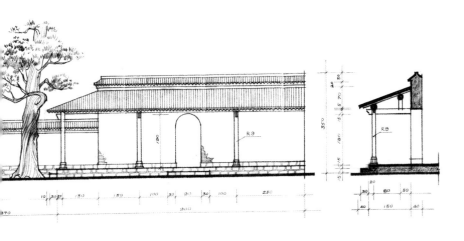

"3"立面

"4"立面

山》第三、六场设计图　　比例·1:50　单位·CM

摄影师提供了丰富的拍摄空间，也花费了巨大人力物力。

"文化大革命"期间，"文化部"被解散，中央临时成立"国务院文化小组"。北影厂原属"文化部"，这时对外工作要带"国务院文化小组"的介绍信，印象中，介绍信上还盖着带国徽的图章。

北影厂拍电影的程序是美术组先根据剧本到故事发生地去体验生活和收集资料。《杜鹃山》美术组六人要去江西老革命根据地收集资料，陈翼云老师带队，第一站是庐山。庐山地区的领导一见我们的介绍信，被大红章唬住了，马上给我们安排在一栋专门接待中央领导的高级别墅。那是做梦才能享受的"楼上楼下，电灯电话"，软乎乎的地毯，丝绒沙发和大包大镶的高级床具，床单摸起来滑溜溜的，卫生间里的镜子雪亮。我从来没见过这么亮的镜子，真想给我姐姐买一面。

和我这个土包子一样，其他五个人也没有住过这种档次的宾馆，没有商量，意见完全一致——住一个晚上就跑吧！又不用占用我们可怜的差旅费，为什么跑呢？算是一件可笑而不可思议的事吧。那个年代的思想淳朴，自己沾不起的光绝对不沾。美术组自己找了一个睡大通铺的旅馆，那领导听说我们跑了，开始以为我们不满意，知道真相后又很不高兴，说别人来还不给住呢！

样板戏聚集的社会能量太大了，从上到下处处开绿灯，拉虎皮扯大旗的事太容易，糟蹋东西、作践人，都能以红色命令开道，但也不是人人都糊涂。

第二站是老革命根据地永新县，思想风气极革命，全县都红透了，就怕被外人抹黑。《杜鹃山》中有一场景是在树林中有个小草屋，同事们在街上正好发现一个待拆的小草屋，马上拍照、画速写。这时突然上来几个扎武装带的民兵，把我们的人扭送到县公安局，罪行是："我们有那么多好楼你们不照不画，专门宣传一个破草房子，居心不良！给永新县抹黑！是什么意思？"

当时我不在现场，介绍信在我身上，我得知后马上去公安局赎人。介绍信一亮，拳头大的红章，民兵和警察一见这个脸都白了，拼命道歉。公安局局长冒着汗备车把我们送回县招待所，还把招待所所长狠狠骂一顿，说："中央来人了，为什么不通知我们公安局？让我们出这个丑！"

《杜鹃山》还有一场景是竹林，要搭内景，北京没有毛竹，得在江西上饶解决。当地见中央需要，马上用铁路运毛竹到北京。一个星期就运到了，到北京时毛竹还是青翠的，但竹叶都枯黄了。北影厂置景车间有经验，提前用纸做好了大量竹叶。可是往毛竹上绑竹叶得要很多人工，马上就要拍戏了，怎么办？

北影厂军代表一拍脑袋，把中央迎接外宾的三军仪仗队请来了，小伙子个个是国家级的精神面貌，帅气十足，整齐划一，一招一式全在点上。北影厂都轰动了，这么帅气这么尊贵的"置景工"闻所未闻，招来很多人围观，厂里脸熟的几个小姑娘在人群里扭着手绢。

为保证布景质量，我要教这些小伙子怎么绑竹叶：竹叶不能朝上，要自然下垂，要符合毛竹的生长规律。几百棵毛竹很快就绑好了，人多力量大，效果逼真，一天没耽误，拍摄按时进行。

《杜鹃山》中还有一场景，景里有一个很显眼的大石头，上面要写"提高警惕"四个大字。置景师傅被石头的造型和质感难住了，一直交不出来，这就需要美术师亲自动手了。我在工艺美术学院学过雕塑，也教过学生怎么用石膏去造型，正好让我露脸的机会到了。没几天我就给做好了，摆在布景里很有样儿。还有在石头旁边流过的小溪，哗啦哗啦，溪水总是不明显，怎么看都像水管放水。我突然想起小溪中要放一些大鹅卵石，水流过石头溅起小水花，小溪就活了。拍完果真效果很好，窗户纸一捅就破，这是平时我在农村生活中观察到的经验。

拍样板戏时，美术师通常的做法是先把你画的布景气氛图和制作图向置景车间全体师傅们做个介绍和说明，以便在以后的搭景时统一思想，步调一致，减少误会和矛盾。会开完了，置景车间主任总不忘记问我们美术组有几个人——不是给加餐，是要每人发一个沉重的布兜子，学名叫工具包，里面有钉子、锤子、手锯、木折尺，要美术师和置景师傅们一起干活，扛地板，立布景片，锯木方……这是"文革"中的特产，工人阶级领导一切，管你什么师，一概在基层干体力活。我刚在部队农场劳动两年多，这种劳动算轻的，觉得很自然。

白天我们进棚和置景师傅一起干活，给各样手艺的师傅搭手，活计越来越熟练。设计置景方案时统筹思路，一要宏观效果，二要照顾到实施细节，我很有收获。工艺美术特性在于"工艺"，设计要由工艺制作来体现，不只是一张设计图纸。这个特点正好符合电影美术师的工作，铺上纸能画图，抓把泥能塑形，拿起锯子能锯木头。一个专业美术师可不容易，设计和实践都要照顾到，尤其是考验真功夫的置景，一个细节没考虑周全，置景师傅就会笑话你，难为你，甚至捉弄你，你自尊心受不受得了？

有一次置景组长王国文在晚上散步时，经过美术办公室门前，看到灯还亮着，推门一看，我们还在画图呢。他才知道美术师白天在棚内干活，晚上还得设计下边的场景，比置景工人累多了。置景组长第二天就把美术组的布兜子都收走了，组长真有人情味，谢谢啦。

十一

《海霞》，我的第一部故事片

1975年上映的电影《海霞》，是我参加的第一部故事片，讲的是在浙江东部有一个同心岛，渔民们打击渔霸、迎接解放、女民兵保家卫国的英雄故事，女主角叫海霞。拍《海霞》遇到的第一个问题就是服装设计，要设计小海霞穿的蓝印花布裤褂。当时演小海霞的演员就是当今春晚年年都出现的小品演员蔡明老师。导演是谢铁骊，摄影师是钱江，美术是陈翼云老师和我。

　　以前美术师要画很大一张蓝印花布图，再去工厂印制。蓝印花布设计属四方连续图案，我在工艺美院教过，很快我就画好了。当我把设计图交给服装师傅去制作时，老师傅不高兴了，说："你怎么画这么小，只有巴掌大，没法印！"我说这是四方连续图案的一个单位，它可以向四方连续发展，印多大都行，保证没问题。这位老师傅认为我偷懒，不高兴地走了。后来他告诉我：印染厂的师傅说，印花布就画这么大就行了……这位服装师露出佩服的笑容，改变了对我的看法。我刚到北影厂时，因为是半路改行的，经常遇到不信任的眼光。

蓝印花布解决了，在一部电影中，这实在是微末细节；看过《海霞》的观众印象最深的应该是陈占鳌家一杆祖传的秤杆，灌了水银，被刘大伯给撅了。撅秤杆的戏是由两个镜头剪接的，那么粗的秤杆演员怎么可能当场撅断？我们先拍演员拿着真秤杆做撅的动作，加上音效，再拍道具部门给准备好的断秤杆，并倒出水银。演员呢，曾经扮演南霸天的陈强老师扮演贫苦渔民旺发，《小兵张嘎》里的区队长于绍康，扮演刘阿太，刘阿太拄着双拐："妹妹，我是你哥哥阿太呀！"于绍康演得真好啊，好人坏人都演得惟妙惟肖。他的断腿，是把膝盖以下的小腿绑到大腿上，所以裤腿要很肥，镜头最好前后拍，侧面拍就穿帮了。现在写下这些"揭秘"，年轻人也许会笑话，可七十年代，"特技"的开发太难了，用来用去就那几招。

故事片和样板戏不一样，样板戏是戏曲，布景、服装、道具、演员表演都是程式化、夸张的，而故事片的一切都需要真实自然，在创作、设计上就需要美术师有扎实的生活基础，要到生活中找创作素材。从《海霞》这部电影开始，我要学习的专业知识太多了，受了多年建筑装饰教育，全是搞真的，现在搞"假的"，思考方式需要不断调整。资料室的理论书籍翻来翻去就几本，幸亏有陈翼云老师等几位前辈，一步一步地带着我进入专业领域，掌握电影摄制流程和美术创作规律。

电影中的场景有外景（实景）和内景（棚内景）之分，各个电影制片厂的工作流程都是先拍外景，外景的大山、大河、大海、村庄、院落，实景拍摄真实、开阔、漂亮、效果好。然而实景建筑的室内就不适合拍摄了，实景的室内一般都很小，容不下那么多的工作人员和设备，即使室内面积够大，拍实景也不如在摄影棚内搭内景拍摄方便，外部干扰少。特别是演员的感情戏，在安静的摄影棚内好出戏。我们只是把演员在外景拍摄推门进屋的实景门拿到摄影棚，放到我们搭建的房子的门处，这个门就能做到外景到内景的无缝衔接了。

至于室内景，美术师就可以根据剧情的需要任意发挥了。房间墙壁还可以做成活片，摄影机、照明灯可以自由布置，摄影棚大门一关，专心创作。特别是拍夜景戏，棚内搭景比起实景拍摄来，光效和拍摄时间都容易控制。但棚内搭景对美术师最大的考验是真实，要有生活气息和生活痕迹。

《海霞》中的"船屋"一场景，在福建海滩拍外景时，美术组找到一条破渔船。渔民说给点钱就卖，我们

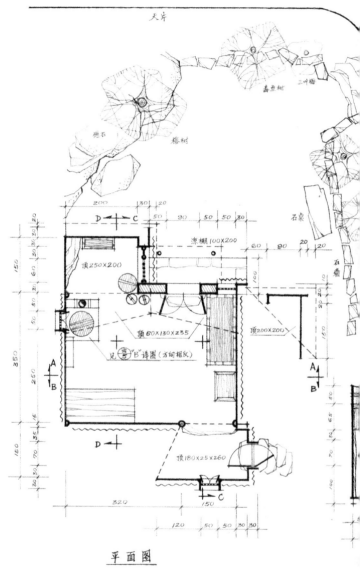

天片

壽典樹

三叶媒

塔树

飛石

石桌

石桥

凉棚100X200

顶250X200

顶60X130X235

见⑤"B"详图（方向相反）

顶200X200

顶180X25X260

200 30 20
50 90 50 50 30
60 90 20 20

150
320

120 50 50 30 30

D C
A B
D C

平面图

1974.11.24.

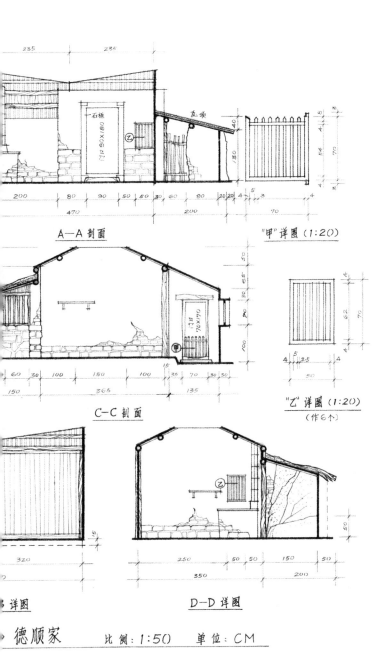

235　　235

石槽
门口90×180
乙

坡顶

40
130

200　80　90　50　50　30　60　90　200　20 20 4　5　3
470　　　　　　　　　200　　　　　70

A—A 剖面　　　　　　　　　"甲"详图（1:20）

50
95
30
90
100

门口 70×170
甲

60　30　100　150　100　35　70　30 30
150　　　　365　　　　135
15

C—C 剖面

乙

62　70

4 2.5　4
50

"乙"详图（1:20）
（作6个）

乙

50

320
250　50　50　150　50
350　　　200

?详图　　　　　　　D—D 详图

德顺家　　　比例：1:50　　单位：CM

如获至宝，这就是小海霞的家了。破船放在海边沙滩上，经过适当加工和布置，就可以拍船屋外景。船屋的实景夜戏就不好拍了，因为海滩的工作条件太差，蚊虫、噪音干扰太大，演员们没法入戏。我们把"破船屋"运到北京，在摄影棚内按外景的样子恢复起来。地面按沙滩的样子铺上厚厚沙子，船屋外的植物、野菠萝可以用纸做，反正夜景船屋外灯光很暗，也看不大清楚，可以假乱真了。至于远处的大海，由绘景组喷个灰天片不用画大海就够用了。

我们有很多室内景，要到北京摄影棚内搭景拍摄，当地习惯多用竹家具，而且使用多年都变黄、变破了。北影道具库竹制家具原本就不多，北方天气干燥不好保存，没几件能用。所以我们外景拍摄完临回北京前，必须购买一些旧竹家具带回北京，这个

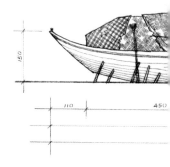

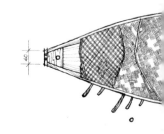

"A"详图

1974.11.1.

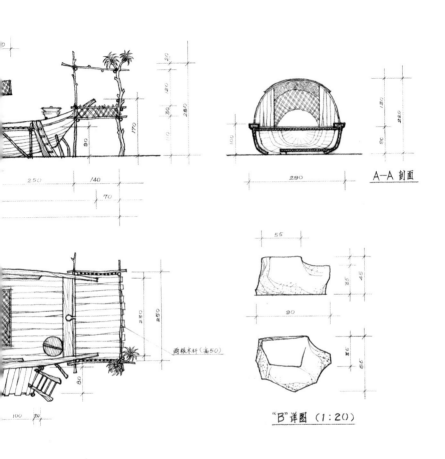

A—A 剖面

"B"詳圖 (1:20)

西板木杆(高50)

《海霞》海滩船屋　　比例..1:50　单位..CM

工作是我和道具组完成的。我们先到镇上的家具店买一卡车新竹家具，到了村里告诉大家以旧换新。开始大家都不信，以为摄制组是骗子，直到真的看到我们换了几家，相信了，都拉我到他们家去，很快就把一卡车的新竹家具换成旧的了。村民高兴，摄制组也高兴，后来他们再见到我还争先恐后地拉我到他们家看旧竹家具，甚至直接把旧竹家具送到摄制组。可惜我们已经换够了，不再换了，村民们很扫兴……

十二

拍电影到底是怎么回事？

一部电影是由几百上千个镜头组成的，就像一部汽车由无数的零件组装成一样，要一个一个镜头去拍，然后用蒙太奇方法去剪辑成整部电影。如果工作不细心不认真，经常会出错。

《海霞》的故事快结束的时候，有一场内景戏是旺发爷爷在陈家大院向大家控诉过去受的苦，在激动时把衣领拉开给大家看他的伤疤。这是大型群众场面，参与人多，镜头复杂，灯光量大，为了减少更换拍摄角度，往往同一个机位的戏一起拍，原来分镜头的顺序就被打乱了，旺发把衣领拉开的戏也就不按分镜的顺序拍了。结果看样片时，突然发现旺发的衣领一会儿拉开，一会儿又自己合上了，反复多次逗得大家哈哈大笑，怎么有鬼了？！

笑完了，导演要追究责任了，自然是场记[1]和服装组的罪过。不管是谁的罪过，以后大家都要注意，但惩罚整个美术组是肯定的。在等样片期间，"陈家大院"已经拆了，而且陈家大院景是影片里最大的一个场景，重搭重拍给摄制组造成很大的经济损失与时间浪费。后来再遇到大的场景时，我就留个心眼，一定要等样片看完了，导演确定没有问题，再通知拆景。在胶片时代，都是经过洗印才能看到样片，不像四十多年后的今天，电影拍摄完全使用数码摄影机，随时可以看回放，有问题马上改正。有了强大的数码技术之后，越来越多的古代场景，演员们都是在影棚里的绿布前表演，景也没有了，全靠后期合成。故事本上写着"外景"，其实是进棚拍绿布？不用选景不用搭景不用拆景，美术组享福了，可惜我也退休了。

　　在影视剧中还经常出现香烟越吸越长、餐桌上的饭菜越吃越多的现象。这是在拍摄时没有按分镜头顺序拍，特别是夏天在拍吃饭的戏，如果镜头多，经常要拍几天，菜饭要更新，如果场记不负责任，就会出现饭菜越吃越多的情况，吸烟也是如此。好的演员，不用场记提醒，自己

1　场记人员主要任务是将现场拍摄的每个镜头在摄影、录音、表演、服装、道具、美术各方面的细节和数据详细、精确地记入场记单，以帮助衔接影片各镜头，为导演的继续拍摄以及补拍、剪辑、配音、洗印提供准确的数据和资料。

就知道这个镜头，香烟应该多么长。北影厂著名演员项堃就是这样，他说，他从未出现过香烟越吸越长的事故。

关于饭菜，我记得我们在拍电影《红楼梦》时，场记李瑟璠同志就特别认真。当时没有一次成像相机，她都是把餐桌上残饭残菜画成图。她不是美术师，画得并不好，但画得很形象很清楚，下次再接着拍这场戏，就不会饭菜越吃越多了。现在有了手机，你拍一张照片就行了，你看先进不先进！除此之外，还有经常发现桌上的小道具自己站错了位置，有时还不翼而飞了，一定要场记来记好。

还有，在摄制组拍摄现场经常因为一个镜头跳轴没跳轴，导演和摄影师吵得面红耳赤。我就见过大导演崔嵬、大导演谢铁骊在现场和摄影师争吵过。所谓镜头跳轴，就是两个演员在对话时正常视线要有交流，然而如果此时镜头跳轴了，其中一个演员的视线在对话中突然望出画外，不舒服，就要重拍。问题就出现在演员在拍摄时，眼睛是看摄影机镜头的左方还是右方，看错了便会出现镜头的跳轴问题。

电影厂有个不成文的规矩：搬不动的为景，搬得动的为道具。但有时能动不能动没有明显区别，是景是道具就不好分了。在《海霞》片中我们搭了一个机帆船，从舱内往外拍，船甲板上正中有个桅杆，正在画面中，桅杆上应该有船帆，船帆是挂上去的，能动，应该属道具，我们叫道具组做。道具组说船帆是固定在船的桅杆上的，是不能动的，应属景。置景组和道具组，各不相让，真是公说公有理，婆说婆有理。置景组和道具组谁都不做，难为了我们美术师，但机帆船的戏摄制组很快就要进棚拍了，时间不等人，必须马上做，只好把官司打到厂长面前。厂长他命令厂生产办公室主任，带领置景组和道具组一齐来做，道具组负责做船帆，置景组负责把船帆挂到船桅杆上。矛盾解决了。但这件事告诉美术师，你不能只埋头画图，还要学会做好美术部门之间的协调工作，做到一呼百应，工作才能做得好！

　　一部电影的拍摄成功需要有很多部门的协作和努力，这里有编剧、导演、摄影、美术、制片、演员、化妆、服装、道具、置景、照明、录音、拟音、剪辑、特技、洗印等很多部门。但最主要的部门是导演、摄影和美术，这三个部门决定一部电影的成败。摄影和美术通称导演的左膀右臂，一剧之本的剧本确定后，导演就是一部电影的老大、老板，他有至高无上的权力，所有部门都在他的指挥下工作，并有生杀大权，全组都怕他！有很多导演特别好，业务精湛，会做人，大家都愿意和他合作，因此而形成固定班子。导演和全组工作人员一律平等，有事经常和大家商量，很体贴下面工作人员的疾苦。出现问题导演敢于承担责任，不轻易指责工作人员，有了成绩全组都有份。如果获了什么奖，他不会抱着奖杯和奖金跑掉，而是千里迢迢再把全组集合到一块开庆功会，让全组每个人员都抱抱奖杯，享受一下得奖的喜悦。对，我说的就是电影《卧虎藏龙》的导演李安。

摄影师是全组的老二，有时导演也哄着他。在用胶片拍摄电影的年代，摄影机没有监视器，拍摄效果只能通过摄影机的镜头观看，在拍摄现场摄影师就升为老大。演员也要哄着摄影师，把自己拍漂亮，或者多拍镜头。因为导演不能掌握摄影机也只好听摄影师的。美术师在拍摄现场只好做老三，因为美术的大量工作都是在开机之前做好的，到了拍摄现场，美术师只是验证一下美术设计的效果，看有没有今后尚待改进的地方，总结经验，下一次改正。

其实一部电影的美术设计和美术部门特别重要，特别辛苦，下辖服装、化妆、道具、置景，甚至特技部门，在拍摄现场你所看到的所有有形的东西都是美术部门设计和制作的。电影剧本和导演阐述只是抽象的文字表述，比如剧本在写到某历史大战"千军万马"时，只简单的四个字，就害得美术部门工作几个月。不用说千军、万马，就是五百个战士，五百匹马就够搞死你的。道具部门得找到五百匹马，设计和制作五百套鞍具和兵器战旗，有时还要做大的攻城战车。服装部门要设计和制作五百套盔甲。化妆部门要制作五百个头套和发型。置景要根据美术师的设计搭建一个古城墙和城楼，城外还要挖护城河和摆放大量拒马[1]。拍摄时还要放烟火，按照这四个字，全体美术组都给准备好了，导演才带着主要演员，摄影师才带着摄影机坐着专车到拍摄现场，拍摄"千军万马"的大型场面。我记得电影《西楚霸王》开机第一个镜头，就是在北京康西草原拍"千军万马"大战。

千军万马！简短的四个字，把美术师和美术部门累得不死也脱层皮。我的儿子做了美术师之后就有点后悔，说自己应该去当摄影师，最多带着几箱设备就去了。美术组要管的事情千头万绪，而且谁都能插嘴说好看不好看，导演呢，摄影呢，就不会被指手画脚……不过，我还是更喜欢美术师的工作。

1 指古代战场中，一种可以移动的障碍物，一般由木柱交叉固定成架子，架子上镶嵌带刃、刺之类尖锐物，防御敌方骑兵突进，故得此名。

十三

1976年

陈永贵的名字，现在的"80后""90后"大概没人知道。大寨呢，也不是一个旅游区，想当年大寨的名气比现在的乔家大院大多了，当时党中央提出"工业学大庆，农业学大寨"，那是山西省昔阳县如雷贯耳的"红色风景"。

　　1976年，算是国家开展农业学大寨的高潮，北影厂拍摄以全国劳动模范陈永贵为原型的电影《山花》。电影《山花》的编剧孙谦、马烽，都是著名的山西农民作家，二人的作品被选进高中语文课本，全国的中学生都熟读。在大寨，我就和这二位大作家一起在田间劳动，体验生活，在中学读书时崇拜的二位作家就在我身边，做梦也没有想到。

　　《山花》摄制组就住在山西昔阳县招待所，正好和全国农业学大寨会议重合。我们每天拍摄回来，自然受到与会代表和乡亲们的夹道欢迎，比现在电视上的红毯秀还热闹，围观的都是热情淳朴的农村干部和群众。

老百姓只认银幕上的演员，组里有谢芳、张平、项堃、赵子岳几位名演员，他们一出现乡亲们就拥上去，挤得喘不过气来。而著名大导演崔嵬就显得被冷落了，崔大导演早在20世纪五十年代就执导过《青春之歌》，六十年代执导过《小兵张嘎》，还在电影《宋景诗》里主演宋景诗，《红旗谱》里演过朱老忠，可是跟大明星谢芳老师一比，就黯然无光了。崔导故意板着脸说："我是导演，演员得听我的！"这些农村干部和群众管你导演不导演，银幕上看不到你的脸，就是不认你，再大的导演，也没有用！

搞艺术创作，无论著名导演

76.7.19.晋阳

7.20 普阳

还是无名之辈，在严酷的政治审查下，要经受的磨难都是一样的。《山花》是一部故事片而不是样板戏，但仍然是在中央旗手集团高压下的故事片，是另一种"样板戏"，孙谦、马烽两位大作家的剧本被无数次修改。我们的摄制组从1973年秋末成立，大队人马常常在山西和北京之间折腾，导演从桑夫换成崔嵬。直到1976年秋天审片完成，我听说的修改次数就有三十遍。

1976年有一件震惊世界的大灾难。

1976年7月28日发生唐山大地震，好像半夜四点钟，我的床铺摇得厉害，我以为同屋的美术师刘宜叫我起床，半梦半醒，起来后才知道出事了。全组人背心裤衩的都跑到楼外，一块等着中央人民广播电台早上七点的新闻消息。新闻报的是河北省唐山市发生7.8级大地震，我一听说震中区在唐山，简直要昏过去，唐山离我家只有一百多里地，太近了。

摄制组停了拍摄，制片主任胡其明让北京的工作人员到制片组免费给家里打长途电话报平安，全摄制组只有我一个人的家不在北京又靠近唐山。那时的通讯很落后，打电话、发电报全联系不上，我的精神很紧张，制片主任知道以后，让我放下工作马上回家。我当即跑到火车站，不吃不喝站了十多个小时才到家，路上已经做了最坏的打算。还没到我家大门口，就有一个好心的邻居大娘告诉我：你放心，你家都安全，让银行领导接到银行去了。

在天津杨村，我家住的是国民党时期天津市长杜建时的老宅子，房子有八九十年了，地震时后墙和屋顶全塌下来，好在家人都跑出来了，万幸！这时候全家老少住进银行统一搭建的地震棚，银行领导知道我一个人在外地工作，对我全家老小格外照顾，我一颗心才放回肚子里。8月初余震不断，小儿小女拽着我的手哭，我还是狠心赶回昔阳，不能因为自己耽误电影的拍摄。

昔阳招待所也搭了一些地震棚，胆大的同事回楼里住了，胆小的还在地震棚住着。我和项堃、赵子岳算是胆小的，我尤其胆小，天津老家的一家六口都指靠我呐。

我们一直住在地震棚，地震棚安全，再大的地震也不怕，精神就放松了，三个人每天吃得饱，睡得香，夜里聊天到很晚。两位艺术家都说，作为一个演员，要明明白白做人，认认真真演戏，不管正面角色还是反面角色都要认真演好，要对得起观众。为了演好角色，不要怕吃苦，有苦才有甜……话说得很平白，却是发自肺腑。我在这两位优秀的演员身上学到好多东西，艺术创作，人生经验，我受益匪浅。昔阳招待所地震棚，是我人生中最难忘的一段经历。

十四 《拔哥的故事》，在广西

1978年，北影厂拍摄电影《拔哥的故事》，讲辛亥革命后，广西革命家韦拔群的革命事迹。韦拔群是广西百姓的骄傲，工农红军的高级将领，老百姓称他"拔哥"。这部电影的导演是成荫同志，摄影师高洪涛，俞翼如老师和我做美术师。为了选外景，主创们跑遍了广西的偏远山区，最后落脚在崇左县[1]和大新县。

　　戏里需要一个旧村庄，体现二三十年代的历史感，我们希望能找到保留下来的当时的老建筑，以古旧木楼为主的村庄。协拍的同志不理解，总是把我们带到建筑崭新的模范村庄。直到摄制组一次一次明确要求，终于

1　现为崇左市。

1978.4 于广西崇左.

带路到一个古老、破旧的村子。导演一看说效果很好，很满意，而协拍同志和村里的老百姓却气呼呼的，说我们坏心眼，和"安东尼奥尼"一样坏。1972年，意大利写实摄影师安东尼奥尼，拍摄了纪录片《中国》，片中有大量中国农村传统落后的内容。此前安东尼奥尼来华，多次受中央领导接见，但片子一出就彻彻底底地得罪了中国政府，批判安东尼奥尼的运动在全国展开。"安东尼奥尼"是七十年代中国老百姓最熟悉的代表着外国"坏人"、"骗子"的名字。

《拔哥的故事》摄制组住在大新招待所，一个简易二层小楼，招待所房间简单到只有一个木板床，什么家具都没有。我白天到现场搭景，晚上要画之后要拍的场景的图，只能把被褥掀开，拿床板当桌子，搬两块砖当凳子。画图还能忍受，最不能忍受的是窗子没纱窗，一开灯，满屋飞小昆虫，画图要双手操作——一边画，一边赶飞虫。

招待所里没有厕所和洗漱间，上厕所要跑到百米之外的公共厕所，白天还可以，晚上就不方便了。男同志都准备一个阔口玻璃瓶，起床后都带到公共厕所，画面很不雅。后来不知道谁在商店发现一种当地专门蒸米饭的钵，陶制的，造型古雅朴拙，实用又便宜。就连我们的大导演、大摄影师，早晨上公共厕所也端着一个钵，不分男女，大家都端着，也就看习惯了。可是村民们看到我们把米饭钵这样用，又气呼呼的了。

大新县地处广西壮族自治区西南，与越南临近，林地茂密，山路曲折，我们的选景车跑遍全县。选外景时，导演要找一个教堂，我们在去教堂的路上，遇到一位六十多岁，挎着一个蓝布包袱的小脚老大娘，走路十分艰难。估计她和我们顺路，见汽车开过来，她怯生生地招了一下手。出于同情心，我马上让司机停车，让大娘上车。大娘特别感激，频频作揖，还在胸口画十字。在车上听老人讲，她儿子不孝顺，今天去教堂想找神父倾诉心事，想得到神父教导和帮助。我们正好同路，去教堂的路她比我们熟，两全其美。

我出头做了一件好事，心里真舒服。

当我们跟神父商量想在这个教堂拍电影时，神父死活不答应。他说你们拍电影的总是把教堂拍成窝藏坏人的地方，污辱了上帝，神父甚至不想让我们多停留，挥挥手让我们赶快离开。看来做了好事呢，上帝也不还礼。

只好另选教堂了，在我们去选第二个教堂的路上，遇到一个岔路口，正不知走哪条路时，一个国家干部模样的人出现了，穿着四个兜的制服，戴着干部帽，大个子、方脸膛，看着挺实在。他问我们到哪里去，我们说到某某教堂，干部马上说："那个教堂就在我家附近，我带你们去。"我们太高兴了，上帝来帮忙了，请他上了车。大约开了半个多小时，他说："我家到了，你们再往前走一走，你们要找的教堂就到了。"

满心欢喜地谢了他，我们的车继续开，路越走越窄，四周越荒凉，想问路也找不到人，在山里转了半个多钟头才找到目的地。事后才知道在遇到那位干部的那个岔路如果直走，一脚油就到了，这位国家干部故意骗我们跟他走，我们的车就成了他回家的专车。他骗得心安理得，丝毫没有不好意思。经过这次教训，我们再问路，如果对方是国家干部模样，我们就多加小心了。

十五

『走婚』

跟着电影摄制组走南闯北，我离北京越来越远。因《拔哥的故事》在广西住了四个月，回京不久又进了祁连山。

　　七十年代末，北影厂拍摄电影《萨里玛珂》，讲甘肃裕固族一个马背小学的故事。这是于蓝同志由演员转导演的第一部戏，于蓝导演信任我，找我做美术师。主演是《闪闪的红星》的潘东子——祝新运，女主角是宋晓英，我的朋友老演员赵子岳也在这个组里。

　　《萨里玛珂》的外景地选在甘肃肃南县，祁连山上的高山牧场，海拔多在三千米，高原反应起来晚上头疼，睡不好，白天走路要慢点，不然就喘得厉害。摄制组大队人马适应一段就好了，并不可怕！让我怕的是顿顿羊肉、奶茶和烈酒，我一辈子烟、酒、茶、奶不沾，到了牧区没有别的，只有这些。你一进帐篷，牧民兄弟马上杀羊，煮奶茶，准备酒。当女主人给你敬酒，唱敬酒歌，你必须喝，你不喝主人就给你跪下。主人一跪下，客人必须仰脖干掉，不干，主人就不起来，否则是对客人不尊重。没酒量的人太作难了，经常闹出不愉快。

于蓝导演和我一样怕喝酒，虽然是女的，她却是整个摄制组官衔最大的人，是全国观众喜爱和尊重的"江姐"。我总坐在导演旁边，让导演保护我。于蓝导演一进帐篷，先诚恳道歉："因为身体原因我二人不能喝酒，请原谅。"可草原上很少有客人来访，何况又是远道而来的首都北京人，又是著名演员，怎么解释也不管用。剧组进第一个帐篷，第二、第三个帐篷就盯上你了，如果不进他们的帐篷，他们就不高兴，说你瞧不起他，甚至仇恨你。如此一来，你一天就干不了什么了，以后务必躲着帐篷走，才能保证拍摄进度。

裕固族是我们国家人口较少的少数民族，解放初期还保留"走婚"习俗。女孩子长到十五岁，父母要在她的帐篷旁边搭个小帐篷，给女儿举行一次戴"头面"仪式，以后她就可以在小帐篷里和小伙子来往了。生下的孩子，女孩儿父母负责养大成人，小伙子被赶走。孩子长大了，大多数不知道自己的父亲是谁。当地协助我们拍摄的陈主任就是这样，大家闲聊时问起他的父亲，他

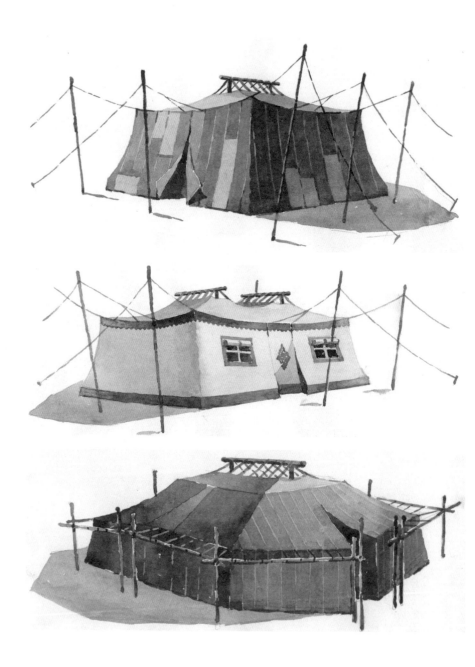

就不高兴，摇头不回答。

自从1972年到北影厂工作，已经五六年了，和家人一直天津、北京两地分居，拍戏的时候半年回不去一趟。父母有弟弟和弟媳照顾，我是放心的，他们替我尽孝，我非常感激，至今不忘。我自己的家在武清县城，我爱人是独生女，结婚后我们和岳父母生活在一起，家务事和带小孩都是岳父母在帮忙。地震后房子倒了，重建时我拍戏回不去，我爱人上班辛苦，下班还要盖房子。请村里人帮忙是请不到的。大儿子正上初一，带着上小学的弟弟跟着妈妈干小工。地震后整砖太贵了，也轮不到我家买，我爱人带着小孩子推着砖车，拣人家不要的半砖碎砖，这个场面我不敢想。我这个搞建筑装饰的、当爸爸的在外面选景、改景、搭景，都是为别人的家，自己的家帮不上忙，我不也是个远离家庭幸福的"走婚"的人吗？！日思夜想心里越来越难过，在北影厂美术工作室继续干下去的心也动摇了。

*136—137页图：《萨里玛珂》的帐篷气氛图。

十六

全家团聚

我家有三个孩子，长大成人后，大儿子先做了电影美术师，又成为广告导演，是自己努力的；小女儿毕业于中央工艺美院染织系，在德国深造回来后，做了电影服装设计师，是自己努力的；二儿子做了摄影师，也是自己努力的。我家大孙子现在美国学习摄影专业，更是自己努力的。几十年，对儿女们的专业选择和业务成长，我一点没有帮上忙，不是个好父亲。

　　我家也算电影之家，我要从头讲讲我的孩子们。在电影厂我常年出外景，在北京的有限时间也没黑没白地忙工作，农村出身，不会表达感情。现在八十多岁了，常年画图落下严重的腰椎病、颈椎病，老年人的眼睛黄斑变性，视线慢慢模糊了。我在书桌前写下心事，这一生艺术生涯圆满，说到亲情真亏欠了几个孩子。

1955年，我毕业于河北杨村师范学校初中班。若干年后我的大儿子想考"杨师附小"，刚刚五岁半，不到上小学的年龄，怕智力差，学校不愿意收。我儿子受我影响，也爱画画，他学画画的条件比我小时候好多了。我家有很多纸和笔，随便他画。当时我家住在县城的京津公路边，每天一睁眼就看到各种汽车跑。他喜欢汽车，就画起汽车来，一画就是好几本，有小汽车、大卡车、老吊车，而且还能分出各种牌子，透视准确，细节工整。我突然想起，这足以证明我儿子智力不差嘛，我拿着画本又去求老师。老师见了画本很高兴，五岁半的孩子画得这么好，年龄不到也破格录取了。

大儿子上学以后，学校也让他负责画墙报，和我当年在小学时画墙报，被县文化馆馆长看上了一样。后来被《天津日报》记者发现了，拍照片做专访，登在《天津日报》上，轰动一时。班主任可高兴了，慧眼识珠脸上有光，学校也为此而骄傲。

杨家的家风一直是宠女孩，我弟弟有三个男孩，我有两个男孩，多么希望来个女孩。如愿以偿的时候老杨家全家都高兴，她的老叔老婶和五个哥哥都惯着这个妹妹，这个小人儿上街带五个保镖。我更不用说，女儿要星星我都敢去摘！女儿上中学后我尽量骑车接送，后来她上高中了，自己骑车上学了。有一段时间，我就看那辆24寸女车不顺眼：我花钱买的，却夺了我的位置！

女儿五岁的时候，为了得到更好的教育，我提前把她带到北京，又当爹又当妈。为了给厂领导一个好的印象，为家属调京打好基础，我带着女儿更得拼命工作，可是女儿就苦了。父女俩住集体宿舍，就一间屋，我上班时只能把女儿锁在家里。

好在宿舍在一楼，聪明的女儿把窗户打开，坐在窗台上看院子里小伙伴们玩，后来又跳出去和小伙伴们一起玩。每天跳窗不方便，不知她从哪里搬来很多碎砖头，搭了两步台阶，结结实实的，走窗户就方便了。时间长了，女儿还是想妈妈，有一次她哭闹着要我糊个大信封把她寄老家去，告诉我要贴足邮票，还嘱咐我千万不要忘记把信封剪掉一个角来通风，不要把她憋死。

我屡屡磨洋工，"信封"总是糊不好，女儿就急了，用一块头巾把自己几件衣服包裹起来，背在肩上，一溜烟跑出房间，跑过走道，跑向厂大门，小脚丫跑得飞快，我追了很远才把她追回来。后来上北影厂幼儿园情况就好多了，但我工作忙，经常迟接，总是见到我女儿让幼儿园老师牵着手站在幼儿园大门口，渴望爸爸的到来，多么凄惨的画面。

有一次，我和女儿在路上走，看到几个人围着一个平板车，走近看是卖荔枝的。当时荔枝在北京也不多见，南方来的，难保鲜，很贵很贵，一般人都望而却步。如果没记错，是十七元一斤，七十年代的十七元是个大数。我的女儿没吃过荔枝，我也没吃过，女儿知道买不起，就伸出小手摸了摸，卖荔枝的老板马上说："你买不买？不要摸！"我听了肺都快炸了，从来没那么生气过，但囊中羞涩，真的没有那么多钱，只好忍气走开了。嘴上说星星也给摘，荔枝却买不起，此事我一直记在心里，对不起女儿，立志努力工作，挣更多的钱。如果有钱了，我一定每天都给女儿买二斤荔枝放在冰箱里。托改革开放的福，这种好日子很快就来了。

小女儿跟着我饥一顿饱一顿，后来大儿子也来北京念书了。对他，我也有一件痛心的事，至今难忘，真对不起我的老大。事情是这样：北影厂的主楼，是行政办公楼，是我厂最高领导办公的地方。楼内走道有个乒乓球台，经常有年轻人去打乒乓球，有一次我发现儿子也去了。我怕影响领导办公，领导对我家印象不好，影响我家调北京，就不分青红皂白把儿子批评一顿。儿子说："别人能去，我为什么不能去？"他的委屈无人理解，就拿着地图，身无分文，步行回老家了。一百八十六里路，整整走了一天，鞋底都磨破了。

为了全家团聚，做人、做工作都得表现突出，这份压力简直没头儿了。当时北影美术工作室就有三个同事因爱人调不了北影而回了自己的家乡，广州、西安和长沙。如果回天津老家，我的专业就荒废了。我想干脆回工艺美院教书吧。工艺美院人事科一再和我商量调我回去，并答应帮我解决夫妻两地的户口问题；北影厂人事科也答应我把全家调进北京，坚决不放人。两边快打起来了，我埋头做鸵鸟，认定谁能帮我解决全家团聚的问题，我就"效忠"谁……甚至想"曲线进京"。我的小学同学，曾经把干粮挂在旗杆上的李彦臣同学，他当时是安次县人民政府办公室主任，可以帮忙先把我爱人的工作调到安次县人民银行，也就是廊坊。廊坊距离北京只几十公里，那几年传说安次县要划归北京市，调令下了，我又反悔了……脑子里每天都想这些事，瞻前顾后，精神恍惚。

为了让我安心工作，北影厂的领导在1979年把我们夫妻两地多年分居的最大困难解决了。我们全家六口——我爱人、两儿一女、岳父、岳母，从老家天津市武清县人民银行调进北京。当我到北京市公安局报户口时又出了磨难，工作人员看是六口人办进京手续，告诉我坚决不能转，这种情况没有先例，要转你得把两个老人的户口去掉。我说不行，我爱人是独生女，她的父母必须跟我们，留在老家没人管！磨破嘴皮也说不通，我有点害怕了。

回到厂里，我向厂领导才汝彬同志讲了情况，领导坚决地说：你们全家调北京是文化部和民政部一起批的，手续合法，要坚持！过了一个月，北京市公安局突然打电话通知我去报户口，我的心才落地。我爱人是银行会计，正好分配在厂会计科，小孩子安排就近上学。

户口来了，可我家老少三辈七口人得安置。当时厂里没有现成的宿舍，厂领导想到停用的游泳池有四间更衣室可以暂住，打扫一下做临时宿舍，像做梦一样全家团聚了。非常感谢厂领导体恤关照，我下决心要以实际行动感谢——做好美术师，拍好每个电影，设计好每个场景……

十七

《知音》·《原野》· 无缘《阳光灿烂的日子》

1980年北影厂拍摄电影《知音》，纪念辛亥革命诞生七十周年。影片由谢铁骊、陈怀皑和巴鸿联合执导，王心刚、张瑜、英若诚三个大演员主演，是当年的重点电影。本来美术组没有我，开始搭景了，其中有"妓院"和"春藕斋"两个大景，同事忙不过来，要我参加进来。古建是我的长项，凭组里老美术师秦威的一张妓院水彩气氛图，我画了详细的制作图，在北影厂外景地搭建妓院外景。院内有幢二层小楼，小楼东西端外置楼梯。房间内景单独在摄影棚内搭建。"春藕斋"是袁世凯办公的地方，要有皇宫气派，厅堂很多，我把所有有戏的景都集中在北影特大棚搭建，这样可减少用棚，集中拍摄，节省资金和时间。看起来是个好方案，导演通过了。

　　这是一堂突破型的大景，置景车间门窗仓库里尺寸合适的柱子远远不够，必须重新下料制作。这就惊动了疏于业务的几位厂政治部领导，想借机批判我搭大景、浪费资金的罪行。以前摄制组拍戏进棚搭景，政治部、厂办公室、人事科是请都请不来的，这次奇怪了，总有干部进棚东看西看，默默不语。我以为这是厂领导对我特意地关心和爱护，还很激动。其实人家是在收集材料，准备写批判稿、开批判会。

当我明白过来后，没有退路了。我天天在棚里，努力把这场惹祸的大景搭得更好，各个景互作背景，扩大景深空间，提供丰富多样的拍摄角度，想证明我这样设计是正确的。这个方案是导演谢铁骊完全赞成的，有导演做后盾，我怕什么，就算我被批倒了，我的家属已经调来了，也不能送回去。等厂里开批判会吧！

有一天，听说当时文化部周巍峙部长来我厂参观，汪洋厂长陪同。周部长可能对我设计和搭建的"春藕斋"一景说了一些赞扬的话，厂里准备批判我的事就不了了之。经过此事，搭大景的经验反倒被肯定了，坏事变好事，美术师的手脚就放开了，精益求精，该大就大，合情合理，不算浪费，我算是带了个好头儿。

《知音》是一部好电影，编剧、导演、摄影、美术、表演、音乐都是精心构思的，现在看起来虽然不是流传久远的"大片"，也有特别的意义。我也很得意，能和美术组一起，做出自己的贡献。

1981年拍电影《原野》，有香港投资，曹禺先生原著，叶剑英大元帅的女儿叶向真导演，叶向真一向低调，用凌子的笔名当导演，主演是刘晓庆和杨在葆。1979年，刘晓庆和陈冲主演的电影《小花》红遍全国，红得发紫，影迷对刘晓庆的喜爱狂热到简直不能想象。

凌子导演在中戏毕业后分配到中国新闻社工作，以拍摄新闻纪录片为主，这次是第一次拍摄故事片，希望北影能派经验丰富的摄影师和美术师帮助拍摄。我被选中了。

中国新闻社拍摄故事片这是第一次，拍电影的条件不够，人力物力都不行，这样就给摄制工作带来很多困难。选外景没有面包车，就用大卡车和拖拉机，林区道路多土路，颠簸得厉害，很辛苦，每天拍摄完大家都满脸满身黄土。我们住的是黑龙江省五常县[1]的林业局招待所，条件更差，几个月不能洗澡，但大家的工作还是很愉快，刘晓庆是全组的开心果，快人快语，爱开玩笑。

有一次拍虎子（杨在葆）吻金子（刘晓庆）的感情戏，刘晓庆觉得在众人面前没面子，吃亏了，明言一定

---

1 现为五常市。

找机会报复。第二天在树林拍摄虎子杀了大星后，精神失常，被金子拉着在树林中飞跑，突然跌倒，正好旁边有个小水坑，报仇的机会来了。刘晓庆抓着杨在葆的头发，一边使劲打嘴巴子，一边往水坑里按杨在葆的头，重复多次，出气了。旁边工作人员笑也不敢笑，都说川妹子真是得罪不得。

当时刘晓庆同时拍着两部电影，另一部是北影厂拍的武打片《神秘的大佛》，在四川乐山拍，等刘晓庆回到《原野》组，已经是秋天。东北的十月冷得穿毛衣了，可刘晓庆的戏却是夏天，还是暴风雨中。下雨是用消防车喷水，风是飞机头螺旋桨吹，我们工作人员都穿了军大衣，刘晓庆要薄薄的衣裤，怎能受得了？！服装师预先给刘晓庆做了一件贴身的透明塑料内衣，用透明胶带把所有能进水的口都贴牢。照明师在现场准备了三台大功率照明灯，准备给刘晓庆加温。拍完这场戏，刘晓庆还是感冒了，病了三天。

按说美术师和演员之间的工作交集不多，写到这里，正好说说我和刘晓庆的一段交情。刘晓庆是四川姑娘，聪明伶俐，性格开朗、泼辣，工作努力，善于学习，在拍摄现场总是拿着一本书看，或是研究剧本，背诵台词。开始在北影厂拍电影，就住在简陋的厂招待所，招待所里人来人往，房间经常被盗。刘晓庆的箱子里不知藏着什么金银财宝，她每天提心吊胆，几乎影响工作。

有一天刘晓庆找我帮忙，要把她的三个大旅行箱存放在我家。她知道我家有老人，家里总有人，又是平房，拿东西方便。虽然北影厂里的明星演员低头不见抬头见，但刘晓庆也是最出众的，哪有拒绝的理由，我们全家都乐意给大明星当行李保管员。家里的面积小，三个大箱子摆着很惹眼，客人一问，小孩们就抢着回答："这是刘晓庆的箱子！"

没过几年，刘晓庆结婚了，北京有了家，才把大箱子拿走。这以后，连续几年春节我都会收到她亲手签名的贺年卡……

一九九三年九月初的一天，刘晓庆突然到家里找我，说她的好朋友姜文要做导演，拍电影《阳光灿烂的日子》，需要美术师，让我一定要帮忙，还开玩笑说："美术搞不好，我拿你是问！"我不敢得罪这个大明星、川妹子，跟着她到《阳光灿烂的日子》摄制组和姜文导演见面，导演很高兴，我的时间也合适，我也高兴，看完剧本画了两张气氛图给导演看。

高兴没几天，剧组里我熟悉的服装组长偷偷告诉

*152—155 页图：分别为《阳光灿烂的日子》（1994）马小军家、米兰房间气氛图。

151

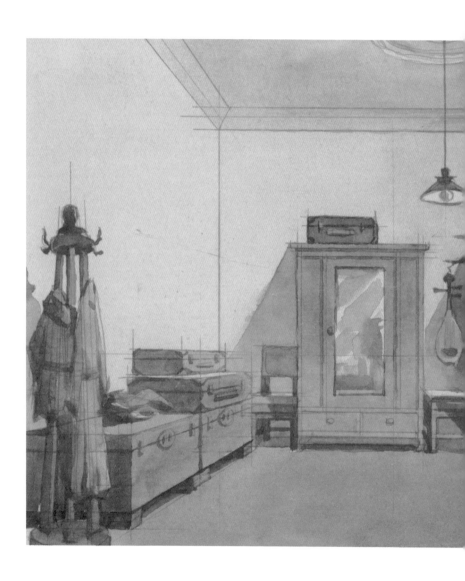

我，组里早有美术师了。她一说名字，是北京电影学院美术系老师，我认识而且很熟，同行不能是冤家，我如果进组就明显不合适了，刘晓庆听说我反悔很不高兴，但也无可奈何。不料过了几天，刘晓庆又找来了，说："不好了，姜文和那位美术师闹翻脸了，不能再合作了，你必须去！"

真叫我为难。我突然想出一个折中的办法，推荐我的大徒弟陈浩忠。陈浩忠和导演都是北京人，年龄也差不多，对军区大院的生活都熟悉。我跟刘晓庆说，陈浩忠去，比我去更合适，保证能拍好，拍不好她拿我是问……提起陈浩忠，现在影视界是大名鼎鼎，《甄嬛传》《芈月传》《三生三世十里桃花》等几部热播的大型电视连续剧的美术指导都是他，给这样的大美术师做过师父真有面子。

回来继续说《原野》的拍摄，树林中的暴风雨拍完了，还有一些树林中的夏天戏还是拍不了。摄制组准备向南转移到吉林市江南公园，那里的树还是绿的，五常的白桦树怎么办？置景师傅提前在五常县林区买了一批桦树皮，临时包在公园的树干上，和在桦树林中拍摄是一样的效果。

到了吉林市，摄制组为了感谢大家，让全组住进吉林市最好的宾馆。我住的房间像个大厅，床大得可以翻跟斗，卫生间比我家客厅还大，一天二十四小时有热水，太舒服了。出门坐最好的日产丰田中型面包车，车开了我们还不知道。有人因为车子太平稳、太密封竟然晕车了，大家开玩笑说，车不颠反倒不舒服了。

我们《原野》摄制组转场到吉林市拍摄的消息，早就在吉林市里传播开，一些年轻人和影迷，早就在街上寻查摄制组的行踪。

从偏远寂寞的林区转到繁华热闹的城市，关了几个月的摄制组多么想上街遛遛。有一天下午，刘晓庆提出到街上看看，我们几个私交不错的同事，听了很高兴，跟着车保驾。刘晓庆向来不张扬，对影迷很尊重，很热情，但又怕惹事，给摄制组带来麻烦，出发前改了妆，戴个墨镜和口罩，并告诉让司机师傅把我们送到大街西口，然后把车开到东口等着。逃跑路线都设计好了，可以踏踏实实地游玩了。我们一行下车没走多远，就听到有人高喊"刘晓庆来了""刘晓庆来了"，坏了！一回头，眼看越来越多的影迷从四面八方涌过来。我们疏忽了身上鲜明的军大衣就是摄制组的标志，刘晓庆脸上的墨镜简直就是不打自招。

当地的协拍同志熟悉地形，把我们迅速带入一个新华书店，群众也跟着潮水一样涌进书店，然而我们已经从书店后门走了。那些年轻人和影迷们在书店和大街上从下午等到天黑，地毯式搜寻穿军大衣、戴墨镜的人。

有全组的辛苦付出，《原野》的摄制如期完成。曹禺先生的原著，刘晓庆、杨在葆的精湛表演，东北的白桦树，阎王老婆的铁拐杖，"我和你妈掉河里你先救谁？"，都给观众留下深刻印象，可是观众看到《原野》是七年之后了。因为剧情中仇虎杀焦大星是仇杀，阎王老婆杀小黑子是误杀，仇虎是自杀，都是非正常死亡。当时正处在全国"严打"的时期，《原野》不幸沦为禁片，一禁就是七年。

《原野》拍完时，刘晓庆在大家面前自信地说："《原野》一定能得奖……"果然，1988年《原野》获得了第十一届大众电影百花奖的最佳故事片奖。

十八

寒酸

1981年北影厂准备拍电影《阿力玛斯之歌》，影片讲的是内蒙古大草原摔跤手的英雄事迹。摄制组选了外景，画了设计图，不知什么原因停拍了，没什么故事可写。让我印象最深的是导演苏菲，原来是厂里的演员，是于蓝的好朋友，都是红色出身的"老延安人"。她爱人是大名鼎鼎的马海德，是美国人，和白求恩一样的抗战时期就来到中国的国际医生，常给国家领导人看病，是国际著名的麻风病专家，对我国麻风病的防治做了很大贡献。

　　苏菲导演家住在北京后海一个老式四合院，离宋庆龄故居很近。她是宋庆龄先生生前的好朋友，还带我们去宋庆龄故居参观过。苏菲导演经常出入中南海，经常中国和美国两边跑，在北影厂从来不张扬，不是和她在一组朝夕相处，不会知道她的身份特殊。苏菲说话总是带着微笑，待人热情和气，和我第一次见面，她就送给我一副刚从美国买来的高级墨镜，嘱咐我内蒙古草原冬天要下大雪，注意保护眼睛。而我不是戴墨镜的人，一直放在家里，辜负了她的心意。

苏菲导演工作特别认真负责，从不独断专行。为了拍好这部电影，她和大家一样吃苦，不怕脏，不怕累，也许是因为延安的生活经历。记得我们到内蒙古大草原上选外景，正好赶上下大雪，零下十几度的低温，汽车里没暖气，年轻人都吃不消了，年过六十的苏菲导演还和大家有说有笑，组里人都不好意思抱怨了。

在内蒙古克什克腾旗招待所住下，条件差得我们想都想不到。三间小土屋，睡土炕，炕下烧牛粪，还得自己烧，气味难闻至极。男同志一屋住四人，炕很小，翻身都困难。这还能忍受，最不能忍受的是厕所在百米之外，白天还可以，到晚上起夜，连去带回二百多米，一趟就冻透了，回来之后你还能睡得着吗？！然而我们从来没听苏菲导演叫过苦，她一门心思要把这个故事片拍好，让我们打心眼里尊重和佩服。

搞电影就是这样，用心良苦的不见得能拍成，顺其自然也许一路绿灯能上映，也靠缘分，靠天机。拍摄环境呢，忽而上山，忽而下海，一部片子住土屋，下一部片子也许就住豪华宾馆了。

1982年拍摄电影《哑姑》，我们导、摄、美、制片四人到故事发生地浙江选外景。当时北影厂正在无锡与日本合拍电影《一盘没有下完的棋》，住在无锡湖滨饭店，据说是当时无锡最好的饭店。制片主任走个后门，让我们也住进去了。当我们进大厅大门时，还有工作人员检查，像在机场登机一样严格。肖朗导演第一个被放了，摄影师李月斌第二个放了，制片主任黄兆义第三个放了，美术师的我被卡住了。工作人员摇摇头不让进，我说我们是一起的，他不信。

制片主任回来找我，工作人员勉强放我进去，还派一个人偷偷跟在我后边，看我是不是有钥匙进房间。我有啊，这下我可得理了，狠狠批评跟踪我的人一顿，这还不解气，等我肚子里想好词要骂他的时候，他跑了。

后来才明白前三位都穿西装，走路时下巴颏也仰着，我一身寒酸气拖了大家的后腿。因为穿戴寒酸被人看低，也得从自己身上找原因，西装我是穿不惯的，要是戴上苏菲导演送的美国高级墨镜是不是好一些？下次出外景一定要记着。

就是在这部电影我第一次当了一回群众演员，演个农村干部，也拿群众演员费。按摄制组规定，摄制组的工作人员当群众演员可以拿演员二分之一的钱，简直是

天上掉下来的。这也是因为穿戴，导演总看我的穿戴不像北影厂的美术师，像农村里的干部。穿戴不好被宾馆监视、看低，但有机会当群众演员赚钱，买西装的事还是以后再说吧。

《哑姑》选景组从无锡转到杭州，我们住在杭州华侨饭店，我的房间在二楼，一推门，见房间的阳台直对南山路，使我想起二十年前的事。1962年我还在中央工艺美术学院建筑装饰系做学生，我们班由徐振鹏系主任带队到苏杭参观学习。学校很穷，为节省开支，要找对口单位，系主任也和学生一起住在浙江美术学院（现中国美术学院）的学生教室，晚上把课桌拼成床，白天恢复成教室样子，每天吃五分钱的"大光面"，就是清水煮面。浙美在南山路上，我们每天要到西湖公园写生，华

侨饭店正好在南山路的拐弯处，直对着南山路。穿着华丽时髦的华侨经常在二楼的阳台上对我们这些穷学生指指点点，好像在议论我们什么……

他们哪知道我们这么穷、这么苦，因为穷苦，自尊心更强一点，怕人家议论。从那以后我下定决心，好好学习，以后毕业工作了，有了钱，我也要住进这个饭店。

万万没想到二十年后，我真的住进华侨饭店了，恰巧也是二楼，整个西湖都在眼前。我也站在阳台向下看，指指点点，还找同事拍了照片，心里满足极了，人生巅峰不过如此。

十九

《骑士的荣誉》：导演出马·体验生活

1984年，北影厂拍电影《骑士的荣誉》，影片讲的是新中国成立前活跃在内蒙古大草原上的一支骑兵队伍的革命事迹。于洋担任导演。当时全国正在上映由于洋导和演的电影《戴手铐的旅客》，这部电影风靡全国，远在内蒙古的观众也都知道。

　　摄制组选外景，经常忘记吃饭，但肚子不饶人。有一次干到下午两点多还没吃午饭，全组都饿慌了。

　　车到了呼和浩特宾馆，我和制片主任下车与传达室联系，拿出介绍信，传达室连看都不看，板着脸不让进。这可不能怪我穿得土气，制片主任穿得和我差不多。传达室把我们往外推，说现在都快三点了，餐厅早把炉子封了。当时还没有煤气，是烧煤的，封了火再点起来很麻烦，不像煤气开火那么容易。人家讲得有道理，我们

呼市 清真寺

呼市 乌素图召

只好再换一家。

这时大家都饿得不想动，要就地吃制片主任了。大家一致要求于洋导演出马，于洋导演往传达室前一站，传达室的同志马上认出《戴手铐的旅客》，态度180°大转弯："快请进！快请进！"一边给餐厅打电话，一边说"保证你们很快就吃上饭……"到了餐厅，厨师们也不午休了，都围上来看于洋导演，把导演的眉毛胡子数清楚，小跑着开火做饭，安排我们先喝茶。没一会儿工夫，一桌丰盛的菜饭摆好了，大家像一群饿狼一样，风卷残云。最后大家捧着肚子说：导演出马比介绍信还好用！您干脆兼任制片主任吧。

还有一次，我们去包头市看外景，走在刚修好的柏油大道上。路不宽，两车道，车很少，很舒服，超车很容易，而且我们坐的是当时最好的日本丰田中型面包车。只见前面一辆运货卡车，故意压着马路中线跑，不让我们超车，我们一超车，他就往左打方向盘，吓我们一跳，很危险。这样反复多次，很明显那辆车和我们过不去，我们也没得罪他，那卡车司机也许是看不惯日本车吧。

当时协助拍摄的工作人员，都是内蒙古军区的干部，觉得没面子，一边用相机把前面的卡车车牌拍下来，等回到呼市找他算账，一边找机会硬超。这卡车已经压了我们足足十多公里，无缘无故的，这口气忍不下！我们的摄影师云文耀是蒙古族人，是建国初期内蒙古自治区主席和国家副主席乌兰夫同志的近亲，膀大腰圆，脾气暴躁，早就开始捏着拳头喘粗气了。

我们终于强超成功，把车停在前边，大家一齐下车，一水军大衣。那卡车司机是个年轻人，眼前的阵势把他吓坏了。摄影师第一个冲上前，抓住小伙子的脖领，马上要打，那小伙子笑了，因为他一眼看到了摄影师背后的于洋导演，脸就笑成一朵讨厌的大花，说：您不是于洋导演吗？扯开嗓子就唱"送战友踏征程……"蒙古族朋友的嗓子好呀，弄得大家哭笑不得，拳头挥不下去了！我们也就消气了，继续前进。

拍摄《骑士的荣誉》，全摄制组住在石拐子煤矿招待所。作为电影美术师必须有广大的深厚的生活体验，煤矿生活正是我缺少的，我主动向于洋导演提出，我要下矿井看看，导演满口答应去安排。我傻乎乎地问导演："您去吗？"他使劲摇头，说他看过了，不去了，我们去吧。以前看别的景，导演都积极带头去，去了再去，这次为什么不去了？下矿井肯定不是舒服的事，等于给我一个暗示。

从首都北京来的客人要下矿井，矿井的领导特别重视，做了周密安排。我们一行七人，下井前先到一个工具室领安全装备。有安全帽、矿灯、电池、毛巾、腰带和高筒雨鞋。其他我都能理解，毛巾和腰带我不明白是干什么的，下到井下才知道。毛巾要把脖子和领口扎紧，腰带要把衣服扎紧，以免煤尘跑到你身体里，很难清理。井下煤尘特别厉害，无缝不钻。

前边一个老师傅带队，后边一个老师傅保卫。一开始我们乘坐竖井的铁笼子电梯下井，估计有二十几层楼高，到了井底，下面就是像北京地铁一样的大通道，灯光辉煌。我们上了小火车，所谓小火车就是有很多四个轮子的铁斗车相连的电动车，一个铁斗车坐两个人。大约走了十几公里就到终点站了，之后要步行到采煤的掌子面。

掌子面与大通道相比就差多了，没有灯光，只靠你头上的矿灯照路，也就你眼前一点亮儿。煤层厚的，我们可直立行走，煤层薄的，就得弯腰前行，到了我们看到矿工挖煤的地方就得蹲着走了。矿工就是在这样的条件下劳动，劳动工具很原始，一镐一筐，筐是运煤的。由大通道到挖煤的地方，我们也走了很长时间，在矿道中像一排萤火虫慢慢行进。地上全是水和煤泥，顶上滴着水，衣服很快就湿了，煤尘一直往人的脖子和腰里蹿，这时毛巾和腰带就起了保护作用。如果前边没有老师傅带头，后边没有老师傅保护，矿领导哪里放心让我们下矿井啊？下矿井又辛苦又危险，导演知道情况才不愿意再来了。

　　看了矿工们的劳动环境后，我才深深体会到煤矿工人的伟大，是他们给了我们光明和温暖。听说如果是冬天，矿工早晨不见太阳下井，晚上不见太阳回家，极少有机会见到太阳。太阳对他们来说太重要了，所以矿区专门设有太阳灯室。在矿区，我们经常看到矿工在地面上晒太阳，夏天也如此，我们看着奇怪。有阴凉处他们反倒躲开。还听说矿工在下井前就领几个干馍，没有菜，午饭就在井下吃，在井下一干就是一整天，劳动强度不是普通人能想象的。我自觉是能吃苦受累的，但这次体验生活给我的震动太大了——我们是为艺术体验生活，矿工是被命运绑着的真实生活……

1965—2015

二十 《三宝闹深圳》，西装去香港

1985年，我们在深圳和香港合拍电影《三宝闹深圳》，我跟着摄制组大开眼界，虽然很辛苦，却是最奢华的一次拍摄。这些事我要详细写写了，让读者也感受一下，不要以为杨占家一直是穷酸书生没见过大世面。

首先，厂里要发置装费，摄制组成员一律穿西装、皮鞋、领带，不得有误，我就发愁了。西装都是在东交民巷的"红都服装厂"做的。"红都"专为出国人员做服装，技术好，质量高，除了因公出差，私人做衣服必须有过硬的关系才接待。全家人都为我高兴，尤其我女儿，西装拿回来一遍一遍地摩挲。西装和皮鞋上身还好，领带就弄不转，画图的时候手指很灵巧，打领带时手指都成橡皮条了。

可这西装、领带和皮鞋三件套，我只在过深圳的罗

佛罗伦萨牛排

湖海关时穿了一次。到香港一看，当地人都是白衬衣，或T恤衫，大热天哪有穿西装打领带的，只有大陆的土包子才穿西装。你看大街上穿整整齐齐西装、走路慢悠悠东张西望的，大多是大陆人，像傻瓜一样，常被香港警察查护照。

香港大街上很少能见到像在北京大街上见到的那种迈着方字步的行人，都是小跑般匆匆走过，过红绿灯时像潮水奔涌。在大陆清闲惯了，每天忙不忙都有人发你工资，在香港就不行了，不干活一分钱也没有人给，在香港才真正体会到"时间就是生命""效率就是金钱"的真正含义。厂里有个同事刚刚搬到香港，为了生计，同时打了几份工，忙忙碌碌，一路小跑，每次来看我们都先说明只能呆十五分钟，下面还有一份工呢。

因为打工多吧，他看起来很有钱，但是身上从来不带钱，每次请我们吃饭都要先到"自动取款机"取钱。当时国内还没有，我们看着很新鲜，感觉机器特别听他的话，也许里面的钱都是他的，然而他一次只取几张出来。

经常来看我们的还有一个好朋友、老同事，也是刚搬到香港不久。他以前是位摄影师，在北影厂单身宿舍楼时，他在我的楼上。他在去香港前，我们北京电影制片厂厂领导还特别关照，把他介绍到与大陆关系密切的"银都机构"做摄影师。一到香港就做本行，多好的事！突然的失误，让这摄影师不小心摔了摄影机，马上被开除了。出于生计，什么工作都得做，去了加油站做加油员。也巧，有一天我和制片主任在街上看景，我一眼就看见了这位摄影师，我的老熟人正在撅着屁股拿着油枪给一辆非常豪华的跑车加油呢。我本能地要大声喊他，主任马上捂着我的嘴："不要叫他！"——怕他脸面不好看，不好意思。

我想，在大陆一个同志犯了错误，重在教育。经过教育，改正错误，你还是可以继续工作的。在资本主义社会的香港是不行的。好在《三宝闹深圳》摄制组为了照顾他，把他请到摄影组做临时摄影助理，他又可以摸摄影机、拿工资了。

我们《三宝闹深圳》摄制组的主创人员很厉害，摄制组走到哪里都受到大财团的关注和照顾。每天晚上导演和制片主任都发愁到哪个饭店吃饭，拒绝哪家就会得罪了哪家。

每次吃宴请，都是财团老板或老板娘亲自上门接，都是高档豪华车。我记得当时香港正在抓司机必须系安全带，不系就罚款，就像我们现在一样。所以每次老板接我们时，都是老板自己坐在副驾驶位置，让我们都坐在后排座上，以免忘系安全带被警察抓住。

老板家多在香港岛上的半山腰，独立的院子，有游泳池，二三层的别墅，有院墙环绕，大门是自动的，车到大门自己就开了。除了保安站岗还有几只大狗保卫，通过门厅，进入大厅，装修富丽豪华，见所未见。我们不顾礼貌，四下打量，这是难得的看景机会。

先在大厅休息片刻，有茶，有酒，有各种饮料，我们只是眼巴巴地看着不敢动，休息片刻，主人才把我们带到餐厅赴宴。一个大圆桌上早已摆好了餐具，像是中餐，因为有筷子。筷子像是银的，放筷子的托是玉石的，大、小勺都是银的，好多菜都有一个银盖子，活像变魔术，只有掀开盖子才能知道里面是什么宝贝。

每人面前都有一块让你敢看不敢用的雪白餐巾，后来才知道是吃饭时放在胸前保护西装的。这场面真像后来我参加拍摄的电影《红楼梦》，刘姥姥进大观园，什么都新鲜。桌上的菜肴也是我平生第一次见，更叫不上名字，要不是油汪汪摆在盘子里，我都想不到这是可以吃的。

与普通饭店不同的是，照顾客人的不是年轻貌美的女服务员，而是像影视剧中出现的大管家一样的老人，比我的岁数大，从始至终，不管几个小时一直站在我身后，眼观六路，耳听八方。他看你想吃哪个菜，你还没动筷子他就给你夹过来了，只夹两口的量，吃完再夹。奇怪这大管家是怎么猜到我的心思的。

每次财团大老板宴请，宴会都得三四个小时才结束，你只要一出门厅，汽车马上开过来，司机把门打开等你上车。我一直想不通，这三四个小时司机在干什么，他们怎么吃饭，这在大陆是不可想象的。原来在香港主人请客，司机是不能和客人一样进餐的，主人要另付小费。

除了豪宅家宴，还有大老板请我们外出吃饭，在九龙的尖沙咀上有家豪华饭店——丽晶饭店。饭店在海边，大玻璃窗对面就是香港岛，餐桌上摆的餐具，都是镀金、纯银、玉石的。吃的什么我也记不清了，因为同桌的人名气太大，只顾看人了。第一个名人是电影《少林寺》的导演张鑫炎。《少林寺》在八十年代有多红火呀，听说有人看了一百遍才过瘾。同桌还有香港著名女演员夏梦。张鑫炎导演开玩笑说，夏梦女士每次赴宴绝不早到，一定迟到，这样好让大家等她，关注她。夏梦女士听了只是笑，一点不气，还很高兴呢。我想夏梦这样的美女出场，让人等一天也是值得的。

让我最难忘的一次是某老板特别请我们到海上的"皇宫饭店"吃螃蟹宴。一水儿大闸蟹，吃完就上，管饱。吃饭的工具像医院手术台上的工具，有刀、剪、锤、钳、镊等，我什么都不会用，顾不得别人笑话，只好直接用手了，更方便！

在香港拍摄期间，我们有幸参观当时在大陆名声大震的邵氏电影公司。邵逸夫接待我们，请吃大餐，请看电影。后来他为大陆很多知名大学捐建教学楼、图书馆、体育馆，年轻人都知道。

受财团老板的请，吃宴席虽然见世面，但是浪费时间。我们几个经济拮据的同事，在拍摄期间为了拿伙食补助费买东西，以吃方便面为主，交通费也要省。因为大家的心思都是一样的，省下有限的钱，买电器回去。那时候香港的电器市场让人眼花缭乱，实在太好、太便宜了。

住久了我们才知道，在香港买方便面有一个省钱的办法，就是星期天去超市买，星期天搞促销，要便宜很多。方便面是好吃，但吃多了也不行，后来大家看见方便面都怕了。有一天在货架上发现了小包装的榨菜，又恢复了精神——方便面就榨菜简直是绝配。

到九十年代，我参加的几个香港到大陆来拍摄的摄制组，车上都预备几箱方便面，随便吃，而且是高级的桶装的，我还不会吃了。第一个桶装方便面还是拍《诱僧》时香港美术师叶锦添帮我泡的，不知是不是因为叶锦添擅长泡面，我一吃——香味扑鼻不软不硬——感觉就不像在香港时那样讨厌方便面了。

《三宝闹深圳》需要在香港拍摄，为了减少开支，摄制组人员要精减，美术组只我一个名额，不配助理。前期准备和拍摄现场，里里外外就我一个人，这是从来没有过的，辛苦和紧张可想而知了，那也乐意——终于可以给家里带两个大件回去。

国家规定，大陆人赴港，每个季度可以带一件大型电器回去。我带了一台20寸彩色日产日立电视机和一台日产松下电冰箱，还有一台不计入电器指标的日立牌电风扇，当时在国内买不到，也买不起。这三件宝贝随道具卡车运到北影厂时，我的两个儿子去迎接，都不敢相信自己的眼睛。他们说一直忘不了去接电视和冰箱的激动心情。

在整个北影厂，只有大导演、名演员家才有这样的大电器。我特别感谢厂领导让我参加这个摄制组，更感谢凌子导演，让我做《三宝闹深圳》的美术师，有了吃大餐、买电器的机会，真是由衷地感谢。那台日产日立电风扇，今天还在用——一点毛病也没有。

二十一　六部《红楼梦》，重修五年本科

1985年北影厂准备拍摄电影《红楼梦》。这是一个漫长的摄制周期，历时五年之久。至今想起来还感叹，一个人的职业生涯有几个五年啊！

总导演是谢铁骊，美术师是陈翼云老师，我到北影后一直跟着他，当然也一起进组。当时谢铁骊导演正在苏州拍摄电影《清水湾，淡水湾》，无暇顾及《红楼梦》的具体工作，文学剧本也没出来。我们只好先精读曹雪芹原著，参考"红学"资料，找专家调研，画草图，建卡片，把原著中有关的场景、服装、道具的描写和提示找出来，作为后续设计的依据。

《红楼梦》的主要场景是府——荣宁二府，以及花园——大观园。大观园中有名的场景就有十几处，错综复杂，最终我们梳理出一个准确的平面图，建筑位置的设置都是符合小说情节的。荣宁府相对好搞一些，清朝王府级的院子都有仪轨定制，有据可依。两套总图设计好了，美术师就要考虑实施的问题。

当时《红楼梦》大观园有两处正在建设，一在北京，为中央电视台拍同名电视剧在南菜园建的；一在上海，为旅游开发在西郊青浦淀山湖边建的。上海建的青浦大观园，设计丰富并根据江南地域特征有所创新，没有完全按原著描写。比如黛玉住的潇湘馆，按原著只有三间正房、两间东厢房、一个门楼，而青浦大观园就增加了旁院、长廊和石桥，以一片茂盛的竹林为主。北京大观园做不到，北京种竹子太困难，整个北京大观园的自然生态也比上海大观园逊色。我们决定以青浦大观园为主要拍摄地。

荣国府，当时河北省正定县正在建设，据说是请知名古建专家设计的。我们去考察，发现和北京大观园有一样的问题，专家完全遵照清制建筑规定去建，建筑尺度很小，荣国府大门的横枋，我一抬手就摸到了。后来拍电视剧时，黛玉进府，进西角门时，轿子要放下来才能进，影响剧情要求。院子的面积也小，不符合读者想象中赫赫扬扬国公府的派头。电影是艺术，要艺术效果，黛玉进府的轿子应畅通无阻。电影不是考古，没必要全部按清制去做，可以适当夸张，加强艺术表现，符合故事冲突。另外正定荣国府院中没有植物，更没有大树，一看就是新建的布景。古老的荣国府院中、门外哪能没有茂盛的大树呢！

跑遍半个中国也没有满意的荣国府，怎么办呢？

经多次研究，最后由汪洋老厂长果断决策：在厂里搭建个永久性的"荣国府"场地景，既方便拍摄，又能保证艺术质量，以后拍摄其他影视剧也可以使用，会带来长远的经济效益。汪洋同志说："肥水不流外人田嘛！这是给北影留下的一份宝贵财产，建成后一定要给你们立块碑。"

汪洋厂长拍板在厂内西南角的一片桃树林中搭建荣国府，这样北影厂还多了一个外景地，拍摄也方便，确实是个好主意。因荣国府戏多，我们在宁荣街上只做了一个荣国府，而荣国府中，我们又设计了东院贾政院和西院贾母院，两院之间建夹道和后门。贾政院建荣国府大门，一进院建向南大厅，二进院建仪门、环廊和正厅荣禧堂；贾母院建西角门，经垂花门进二进院，有抄手游廊和过厅，最后是正厅荣庆堂。

在画定荣国府平面图时，我们尽可能把已有的大树留下，甚至为了布置大树而改变厢房和院墙的位置。贾政院的第一进院保留两棵大核桃树和几棵桃树。第二进院在仪门前后预先移种四棵大海棠树，这是特意从北京

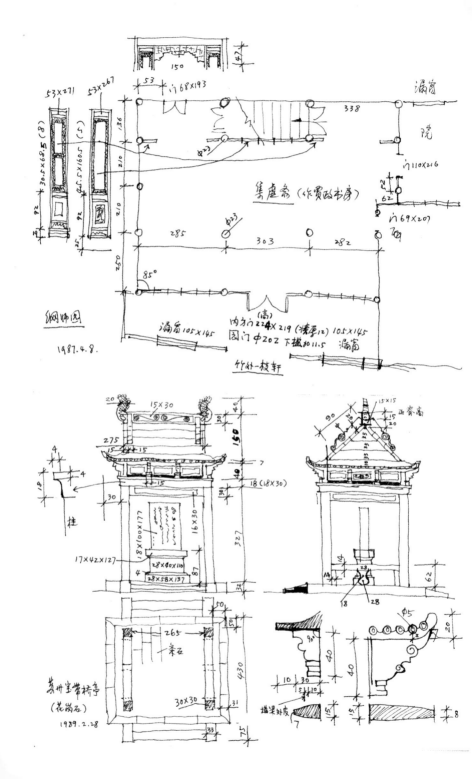

集虚斋（作贾政书房）

漏窗

院

338

53×271　53×267

30.5×68.5（8）
内 79.5×266.5（5）

68×193

110×216

69×207

网师园

1987.4.8.

内方门 224×219（清雅门）105×145（高）
园门 ⌀202　下槛 11.5　漏窗
漏窗 105×145

竹外一枝轩

苏州宝带桥亭
（花岗石）

1989.2.28

墙望砖皮

挂

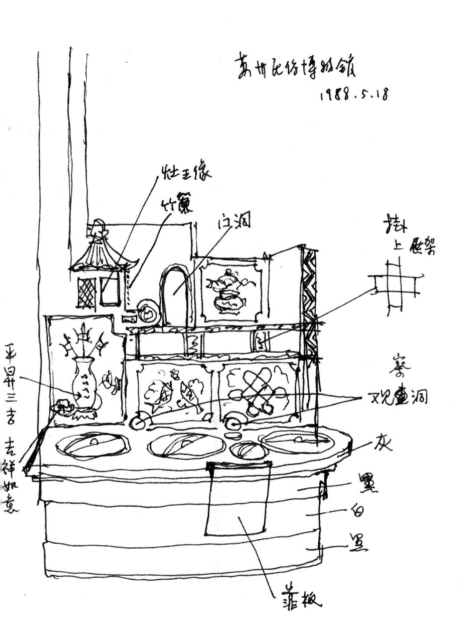

苏州民俗博物馆
1988.5.18

灶王像
竹篾
门洞
挂上壁架
平升三吉 吉祥如意
窗
观画洞
灰
黑
白
黑
菲粮

西山某林场买来的，树干粗壮，树形非常漂亮。所有树木都安排好，才开始动工建筑，否则房子建好了，汽车吊车就进不来了，还怎么栽树呢？荣国府大门口的两棵古槐和宁荣街的老杨树也是在北影厂院内选好，费时费工移植的。有了古树大树，这个"崭新"的院子马上有了气韵，我们都松了一口气。

大门起来了，守门的一对狮子呢？守门狮既是贾府身份和地位的象征，又见证了贾府的兴旺、鼎盛、衰败，还是重要道具，柳湘莲不是说嘛——贾府里只有那对石

狮子是干净的。在北京选景时，我们在东城区后门桥东一家煤厂门口，发现一对石狮，身体部分已被煤渣掩埋，形象沧桑古雅，外观几乎完整无缺。后门桥地处内城，距离紫禁城不远，狮子的出身必然不凡——传说明代的北镇抚司、清代的九门提督衙门就在附近。陈翼云老师曾在中戏读书，对这对狮子的情况最熟悉，发现"狮子"的情况后就报告给厂领导，与有关部门联系后友情"借调"，用大吊车移置于"荣国府"门前。左雌右雄威风凛凛，像给我们的荣国府专门预备的一样。

因为搭建场地有限，大约不足两万平方米，每院厢房的进深都很小。为了拍内景，我们特地把贾政院的五间东厢房的后墙做成像铺面的门板，可拆装，拍内景时拆开，可以扩大拍摄空间，还可以一景两用，在院内看是东厢房，在街上看，是店铺。我们还把此院的仪门两旁的廊子做成双廊，如拍摄需要可把双廊用带有漏窗的墙隔成两个院子。

因为大观园场景定的是"上海大观园"。"上海大观园"的建筑风格与苏州园林相似，柱子和门窗以棕色为主，因此我们在北影设计建造的荣国府也要往苏州园林的建筑风格靠，还有部分外景也选在苏州园林拍摄。在苏州看景时，苏州园林的厅堂设计尤其内部装饰让我们惊叹，尤其是各式各样花罩——圆光罩、八角罩、栏杆罩、几腿罩、落地罩……全部是精美雅致的木雕，似隔非隔，似透非透，我们的老祖宗真是懂得美，享受美。我们在棚内搭景时特地从浙江东阳请了二十多位木雕师傅，专门为美术组制作各种花罩、门窗、隔扇、牌匾，这也为北影厂的门窗仓库创造了大量财富。《红楼梦》拍完了，后来的摄制组搭内景时抢着用《红楼梦》的装饰构件，物尽其用，直至用烂。

搭建中的荣国府为了府邸与花园有区别，我们只在建筑的横枋上施以棕色调彩画，不取用北京传统建筑的

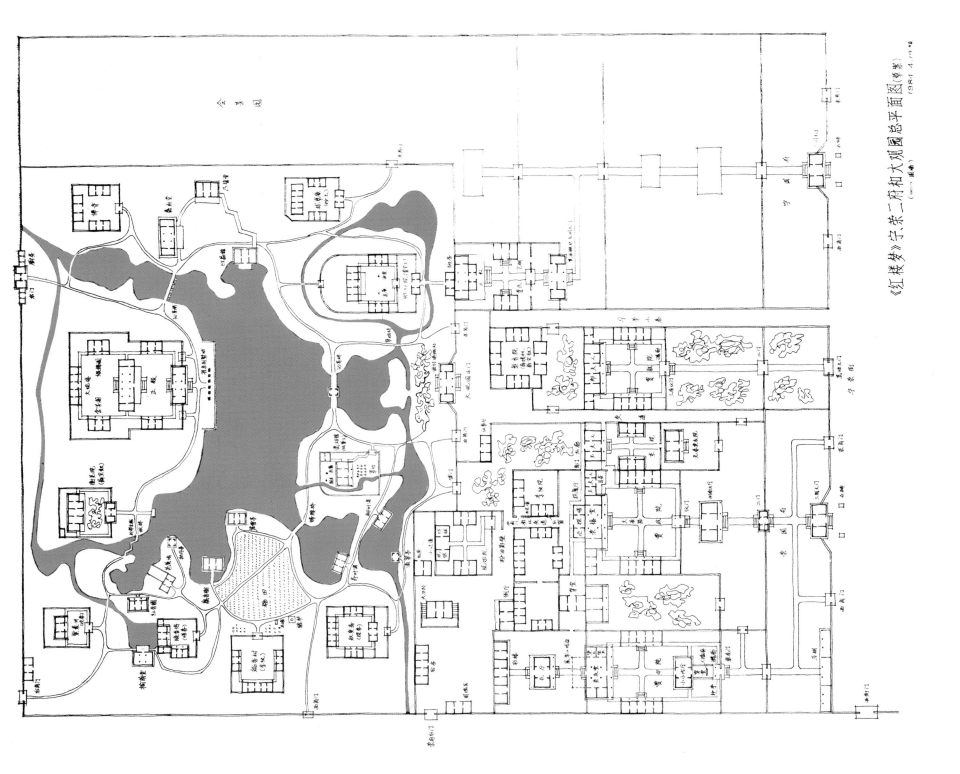

《红楼梦》宁荣二府和大观园总平面图（草案）

（一图略）

1984.4.□□□

青绿彩画、大红柱子、深绿门窗。贾政院里荣禧堂的戏不多，我们把大厅设计成五间，后出三间抱厦，内景就在这儿拍了，节省了一堂内景。

贾母院的荣庆堂，因为贾母屋内发生的故事多，又要暖阁、碧纱橱，我们必须另在摄影棚里搭内景。在棚内条件好，摄影、灯光、音效容易控制，效率高。宝玉在大观园内的怡红院，外景在上海大观园拍，它只有三间屋，中间是厅，东屋住宝玉，西屋住袭人。要让刘姥姥进怡红院迷路了，醉卧在宝玉床上大睡是不可能的，因此我们又在北影摄影棚里专门设计搭了一堂内景。

可以发挥想象，我们设计一个能接上海大观园怡红院正厅的门，赵丽蓉老师扮演的刘姥姥一推门，见一个长长的走廊，走廊尽头有个仕女画，有意画得和人一样大。刘姥姥误认是丫鬟，还打了招呼，一拐弯，进了一个过厅，周围都是隔扇，刘姥姥不知道哪个是门，乱推！结果进了一个漂亮的大厅，厅里架设着多宝格，一层层摆放着古董。透过多宝格，刘姥姥看到对面还是厅，不知如何过去，突见一个穿衣镜，里面是一个插着一头乱花的村妇。刘姥姥走近照照自己，不小心碰了机关，原来这是一扇门，走进去，再穿过走廊，才误进了宝玉卧室，在床上倒下便睡。当摄制组进棚拍摄时，这一组场景把导演、摄影师都迷惑住了，只有美术组清楚。

除此之外，还有很多不同类型的场景，比如太虚幻境、凤姐院、梨香院、栊翠庵、花枝巷等都是在棚内搭内景拍的。略统计一下，《红楼梦》足有五十多个内景是在棚内搭建的，可见美术部门的工作有多繁重。《红楼梦》六部八集系列影片前期准备二年，拍摄三年，共五年之久。五年的时间，相当于我又上了一个电影学院美术系本科。想想那个时代，六部电影是什么样的气魄？！功夫不负苦心人，《红楼梦》获得了1990年第十届中国电影金鸡奖的最佳美术奖，陈翼云老师和我师徒二人一起领了奖。

那时北影厂的电影《红楼梦》和中央台的电视剧《红楼梦》几乎同时拍摄，但电视剧的拍摄方便，后期时间短。电视剧先在全国播出了，观众在家里坐在沙发上就看了，谁还跑到电影院花钱买票去看，而且要跑六次。这种"长篇巨制"影响了上座率，在全国没有什么反响，就默默入库了，实在可惜！好在它是胶片拍摄的，若干年后可以拿出来做教材，探讨一下这部凝聚了北影人巨大心血的"鸿篇巨制"，成功和失败的教训。

在建荣国府之前，我们汪洋老厂长曾说，荣国府建成后，要给我们立碑。待1986年建成后，真是在大门内的墙上挂一块大理石匾，上面写着设计者和施工者的名字和竣工时间，上面当然有我的名字。后来传说北影

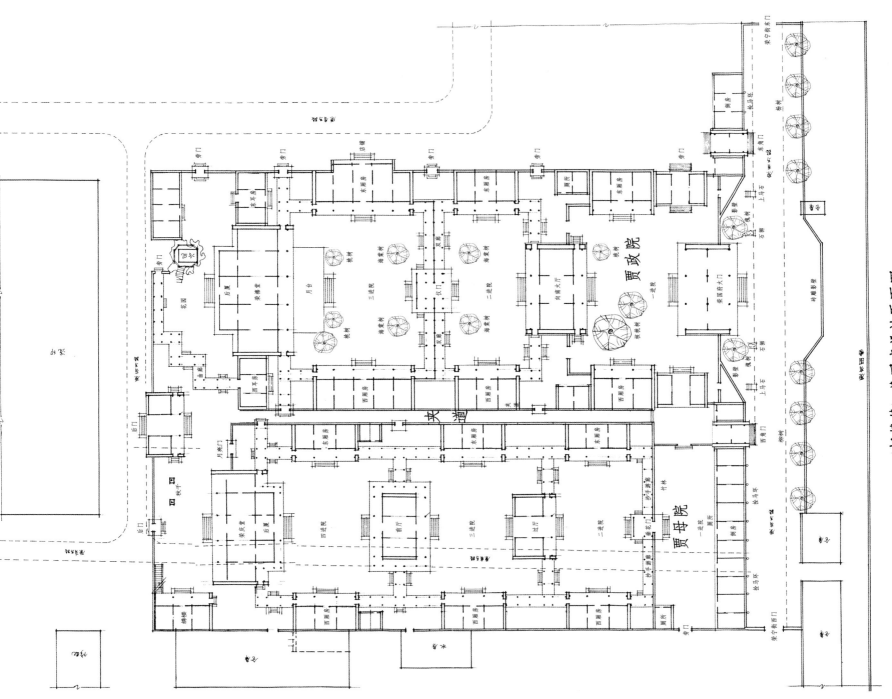

《红楼梦》荣国府设计平面图　比例 1:200　单位 CM

（1986.7.17）

厂卖给一个房地产开发商，荣国府面临拆除，这个石匾不翼而飞，大概被有远见的电影人收藏了。那一对守门石狮在拍完《红楼梦》不久，由于修复古建，文物单位来三催四请，物归原位。我们的雄狮雌狮当过几年"演员"之后，退休回到中戏门口，陈翼云老师还专门去拍了照片。

北影厂的宁荣街和荣国府建筑完工后，除电影《红楼梦》摄制组拍摄以外，还接待过上百部电影和电视剧的拍摄，给中国影视事业做出重大贡献。人们都说这个建筑群要长期保留下来，作为中国影视事业的历史见证。"北京电影旅游城"建成以后，"荣国府"作为主要旅游景点对外开放。游客不仅在这里寻找记忆中的许多影视故事的场景，还能看到影视剧拍摄现场，导游们带团摇着小旗子在"城里"穿梭，全国各地的游客都爱来北影看"新景点"。

后来，也许为了更大的经济效益，"荣国府"建筑群的整体形象慢慢遭到破坏。"荣国府"大门外的砖雕大影壁最先被拆除，盖起了"红楼饭庄"，生意兴隆烟熏火燎。接着伐树拆墙，在两侧盖了一溜外出租房，贾母院改造成"私人会馆"，一座二层楼的大酒店在宁荣街西门拔地而起。最可惜的是"荣国府"院内的丁香树、海棠树，因为多个摄制组用化肥布置雪景而枯死了。树是有灵性的，每次想起那几棵精心移栽的果树，几位栽树人都心疼。一来二去地，"荣国府"建筑长期失于维护管理，院落长年荒芜闲置，府邸气派早已荡然无存。这真是像《红楼梦》唱词里写的：忽喇喇似大厦倾……

二十二

《狂》，导演的『遗书』

1990年北影厂开始筹拍电影《狂》，这部片子的剧本是四川著名作家李劼人写的《死水微澜》小说改编的。当时正在拍的电视剧《死水微澜》很受观众喜爱，主演是现在当红的中央电视台热播的《国家宝藏》"001号讲解员"张国立和他的夫人邓婕。

电影导演是凌子风，《红旗谱》《骆驼祥子》《边城》都是凌导演的大作。凌导演是北平美专雕塑系毕业，还当过延安战地摄影队的队长，写得一笔好字。你看他的电影吧，有的像冲突激烈的小说，有的像优美的散文诗。凌子风导演一向对美术要求很高，我一接到剧本压力就来了。

当时凌导演刚拍完电影《春桃》，影片由刘晓庆和姜文主演，剧本好，演员好，只是美术有点毛病——因客观原因场景做得不够真实。《春桃》本来要送日本参加国际影展，据说因为美术的问题给退回来了，导演很失望。这次《狂》由我做美术师，导演特别告诉我，一个镜头也不许进棚。这么说所有的戏都要在实景中拍摄，或者实景加工解决，难度很大。

北影厂拍片的习惯做法，先拍外景、实景，屋内景进棚搭景。剧组暂住在四川成都，开始每天白天外出选外景，晚上坐下来谈剧本，外景总不定，美术就不好出气氛图。有一天导演让制片问我会不会画电影气氛图。我明白了，导演不信任我，不放心了。我让制片主任给我一个星期时间，在家画气氛图。一个星期后，我竟画了十三张，导演高兴了，放心了。

导演要求的本片全部外景或用实景加工拍摄，有很多困难，有很多不利因素。这不像在摄影棚搭景，美术师可为所欲为，怎么设计就怎么做，只要美术师想到的就可以实现。实景拍摄就要美术师多动脑子，充分利用现有条件，还要和当地领导群众搞好关系，让他们相信你，否则不合作，动什么都不可以，让你寸步难行。

我们主要场景定在合江县尧坝古镇，那里有一条老街道。恰巧碰上了一个好支部书记，以摄制组来拍电影为荣，当政治任务来做，我提出什么要求，他都高兴地答应。《狂》片中一个主要场景就是"兴顺号"杂货铺，前店后院。我们在老街的拐角处看中了一个百货公司，正好改成"兴顺号"，除了留一个内室，其他通通拆掉，一层改成二层，挂上"兴顺号"牌匾，摆好柜台、货架，放几张桌子板凳，正好是个小杂货铺，留下的内室正好做账房。

支部书记马上动手，一天就按我的要求拆完了。我站在杂货铺往外看，对面也是个百货公司，正好改一个"茶馆"。我又跟支部书记说，对面的百货公司也得搬，果真第二天就像刮风一样搬空了。我让置景师傅马上砌一排炉灶，摆上茶桌竹椅，活像个四川茶馆。

"兴顺号"的后院，要求周围环境优美宁静，这个镇子没有合适的，只好在郊区农村找一片竹林。我提前把正房、厨房、院门竹篱笆，还有一个有重要戏的瓜棚搭好，（正房只做一个外主面，屋内不做），并让置景提前种上豆角、黄瓜、牵牛花、葡萄，到拍摄的时候，正好这些植物都长起来了。如果用假花、假草、假瓜，这个院子的场景就假了，动情的戏也就假了，导演肯定通不过！这里特别要讲的是植物，植物要有生长期，美术师一定要心中有数，提前安排，留出植物生长的时间，植物长成了，正好到了拍摄期。

摄制组来到四川成都，我想不去峨眉山太可惜了，就向导演屡屡吹风。我们定的外景没有峨眉山，上峨眉

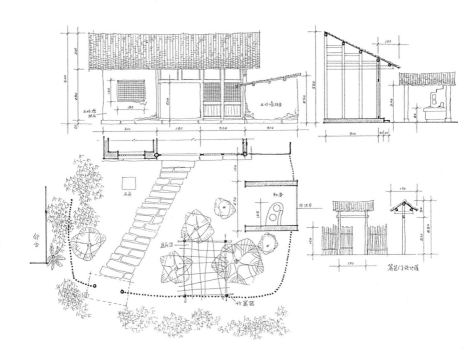

《狂乡片》兴顺号后院加工设计图

比例 1:50 单位:厘米 (1991.3.9)

地址:苋坝铺子上

山没有理由。摄制组的老大是导演，只有他能做决定。有一天机会来了，编剧韩兰芳也就是导演夫人，回北京办事，没有人能管导演了，导演决定主创人员上峨眉山。

到了峨眉山，汽车先开到半山腰缆车入口处，坐缆车上山，下缆车还得爬一个小山坡，才能到达我们住的小招待所。这里的海拔高了，大家发现导演有些喘，有些担心。因导演夫人不在，制片主任考虑要照顾导演，让我和导演住在一个房间。当晚又突降大雨，我就有意观察导演的反应，突然见导演起身找纸在写什么，我忙问导演身体如何，他说头痛头晕，心跳加快……不好！我大声喊来制片主任，主任决定立即下山。

这时缆车已经停了，又下着大雨，怎么下山？主任马上去找山上的领导。领导一听说是北影著名大导演病了，二话不说，立即下令所有缆车部门工作人员上岗。听说开动缆车的工作像空军开动飞机一样严格，不能有一点差错。缆车迅速准备好了等待下山，主任让几个民工打着伞，把导演背到缆车上，大家七嘴八舌地商量下山送哪家医院。谁知缆车一开动，导演的精神就见好；等缆车到站一停，导演身体完全好了，没事人似的又开始说说笑笑了，大家都松了一口气。

我偷偷问导演："当时您在床上写什么？"他说真以为要"留在"峨眉山了，在给夫人写遗嘱。雨夜发生的事，第二天早晨就见报了，不知消息谁给透露的，可见摄制组在四川的行踪一直被关注。在北京的导演夫人也在第一时间知道了，马上飞回成都。夫人见我狠狠批评我一通，因为上峨眉山是我鼓动的，我是罪魁祸首——导演夫人的鼻子太灵了。

《狂》中的主要角色是"兴顺号"杂货铺的老板娘。当时导演到北京电影学院表演系选演员，蒋雯丽和许晴是同班同学，都很优秀，最后定了蒋雯丽。她马上和摄制组主创人员先到四川体验生活，住在合江县招待所。蒋雯丽是个好演员，特别用功，又能吃苦，和气又有礼貌。她真的像杂货铺的老板娘，每天按时到招待所附近的小杂货铺去上班，站柜台，卖油、盐、酱、醋、茶。等到要拍戏了，突然听说要换主演，大家都为蒋雯丽不平，都找导演为她求情，我也是一个。当时蒋雯丽怎么让导演不高兴，得罪了导演，至今是个谜，后来换了许晴，许晴一样优秀。

当我们的影片拍完了，为了与电视剧《死水微澜》有所区别，导演把电影改名为《狂》。字是导演自己题写的，听说我们的书法家导演为题好这个片名，写了很多很多"狂"字，选了最"狂"的一个……

二十三

《霸王别姬》·不一样的电影

1991年，北影厂和香港汤臣影业合拍电影《霸王别姬》，由著名导演陈凯歌执导，摄影师顾长卫，艺术指导是陈怀皑。他是北影厂的老导演，从我进北影厂开始，我们经常在一个组。演员有张丰毅、张国荣、巩俐、葛优、英达，连没几个镜头的配角蒋雯丽都给观众留下深刻印象。天时地利人和，这个摄制组的同事干劲特别足，没一个人懈怠。不但干劲足，创作气氛也足，导演常常组织主创开创作会。这是我第一次和第五代导演合作，决不能掉链子，我的笔记记了厚厚的一大本，感觉这会是一部不一样的电影。

　　《霸王别姬》有两个重要场景：一个是戏班，一个是戏园子。

　　戏班，我想象是小规模的戏校，当时的戏班可能在

程蝶衣家.（外景用梅兰芳故居）

48场（第一次示场）人也较正.

53场.
74场 戒烟
79场日晒戏装.取看程.不引进.烧戏衣.（内外景穿在梅宅）

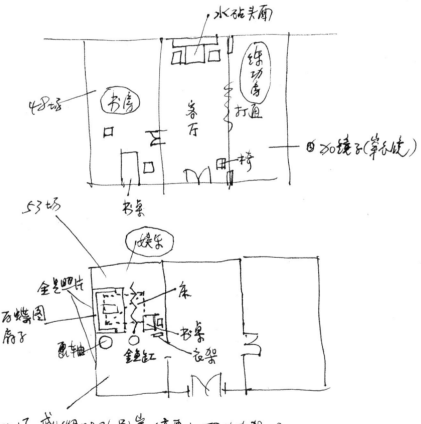

水砖头（厨）

练功房

48场

书房

客厅

打直

日和镜子（旁衣便）

书桌

53场

娱乐

金色照片

石碑图片
房子

床

书桌

画轴

龙虹

衣架

74场 戒烟时改卧堂（床要大，两头有架子）

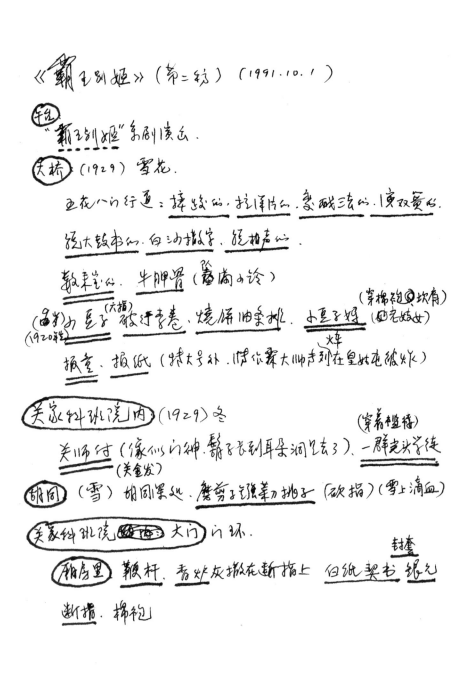

《霸王别姬》（第二稿）（1991.10.1）

主题
"霸王别姬"乐剧演出.

天桥：（1929）雪花.

五花八门行道：摔跤的.抬滑杆的.卖醋三舌的.演双簧的.

耍大铙钹的.白沙撒字.玩杠子的.

教卖艺的. 牛脾肾（药铺的诊）

（穿棉袍的坎肩）
（画的）小豆子（六指）发行杂志、烧饼油条桃汇. 小豆子好（四老姑女）
（1920秋）

报童. 报纸（特大号外.陆锦霖大帅枝列在皇姑屯被炸）

关家科班院内（1929）冬 （穿着橙裤）

关师付（像似的门神.翡子长到耳朵洞里去了）.一群光头学徒
（关金发）

胡同（雪）胡同深处.磨剪子戗菜刀挑子（砍指）（雪上滴血）

关家科班院...大门 门环.

封套
厢房里 鞭杆. 香炉灰撒在断指上 白纸契书 银元

断指. 棉袍

北京的小型四合院，有戏班的大门，学员的宿舍，学员的练功房。师傅们会住在另一个院子，与戏班分开，安静一点，但又要和戏班院相连。学员练功房不可能在屋里，因为北京的四合院内的房间都很小，要不开。我马上想到在四合院上面加个天棚，老年间北京的夏天都是要搭天棚的，有这个天棚，下雨下雪照样练，符合严酷的戏班要求。天棚四面留天窗，地上铺木地板，正面放《同光十三绝》壁画，两旁挂戏迷或同业送的各种牌匾。

因此我设计了两个院子，就在北影厂的外景地搭建，一是师爷院，一是戏班院，东西两院由走廊连接。师爷院的五间倒座房打通了做学员宿舍，搭大通铺，相邻的大门道不走了，改成浴室，院内做一水井架着辘轳，便于学员用水。进垂花门，才是师爷院，又相通又相隔，连贯剧情，便于拍戏。戏班院建个大门道，做戏班大门，供师生出入，进门照壁上写着班规，我手痒，自己爬上去写。

戏班外建了一条小胡同，小豆子娘拉着他走出来，磨剪子抢菜刀的吆喝声传过来，远处建一个过街楼，我在陶然亭附近看外景时在一个胡同见过，正好用一下。这是北京其他胡同没有的，很有特点，若干年后我再去看，已经拆掉了。没有文物观念，真可惜！

戏园子，设想是当年在前门大街的广和楼，在大街

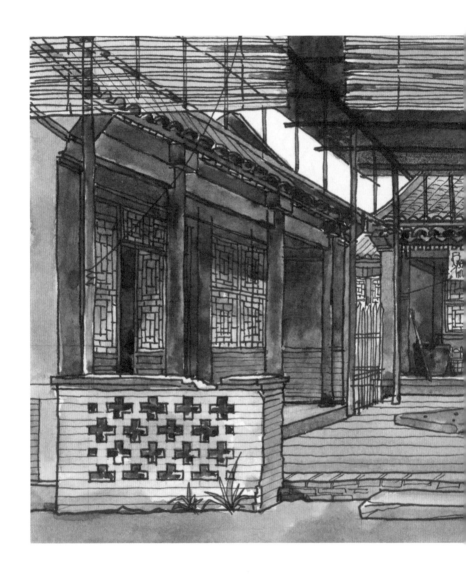

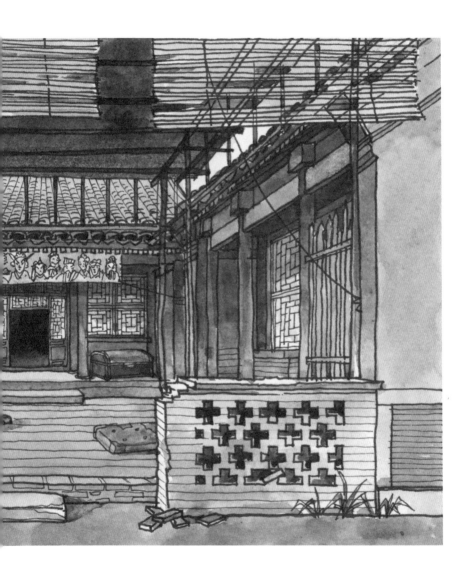

东侧的一个小胡同里，路口有个简易牌楼，写着"广和楼"三个字。戏园子里面都现代化了。听说北京虎坊桥有个"湖广会馆"，我骑着自行车就去了。看这戏园子很古旧，已经荒废多年，破得不成样子，做了北京制本厂的仓库，满堆的纸张、本子，很难看全貌，但大的骨架还在，戏台还在。虽然光线很暗，还能看出当年的辉煌。我简单做了测量，又量尺寸，又用笔画和记，爬上爬下，没个帮手，真难啊！我的老红旗相机没有闪光灯，不能拍照，全凭脑子记录细节，好作为下一步设计戏园子的依据。

湖广会馆的同志告诉我，珠市口还有一个阳平会馆。当时用作北京同仁堂药铺的药品仓库，规模与样式和湖广会馆差不多，堆的药箱更多，更没法看全貌。但我发现它的包厢设计很有特点，以后我在设计影片中的戏园子时就用湖广会馆的戏台，阳平会馆的包厢，各取其优点。戏台上的守旧[1]，是我根据导演的要求，特地请中央工艺美术学院染织系杨淑萍老师出的画稿，由北京剧装厂组织很多绣工师傅，花了十足功夫手绣的，电影杀青后大概被投资方的老板收藏了。

---

1 指传统戏曲舞台上的底幕。旧时戏曲演出时，舞台上挂有"台帐"（称"堂幕"）和作为背景使用的底幕。幕上绣有各种装饰性图案，作舞台上装饰品用。

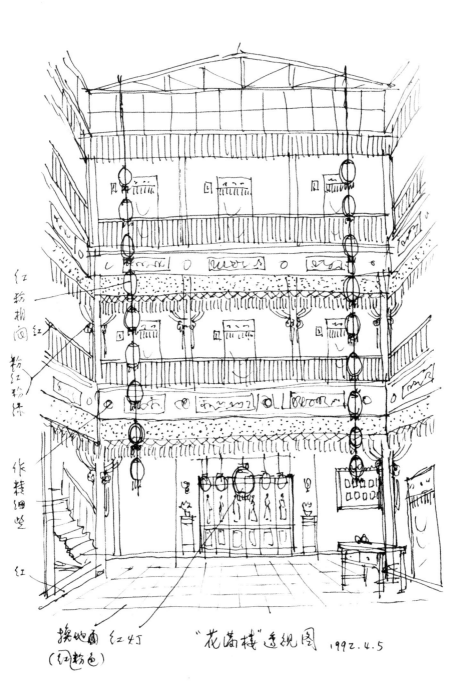

红粉相间 红

粉红粉绿

作挂细些

红

换地面 红灯
(红)粉色

"花筹楼"透视图 1992.4.5

335120 贾文静（女）

宣武制图本 T　（区政协向．美术征）

（湖广会馆）

子铁1又（青研究系刷）

"南城史记"中有

"梁园之乡"

一集

Φ25

Φ25

Φ30

h.95

40X40

以处有（不垂表）

Φ20　320

Φ菌X250

205

65 Φ 320

380　570　380

挑台

挂簷板50，挑头65

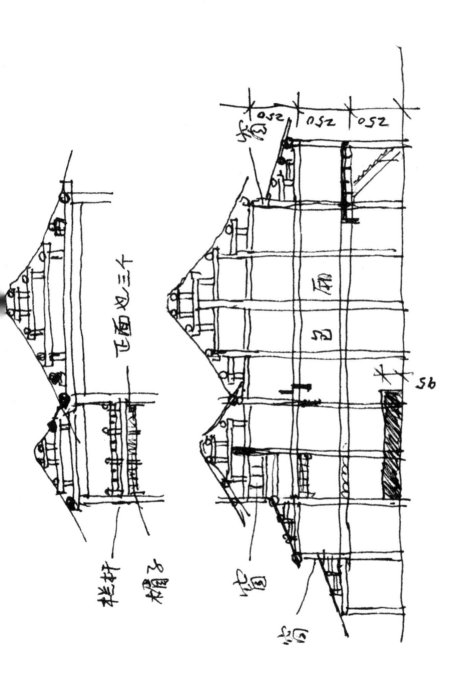

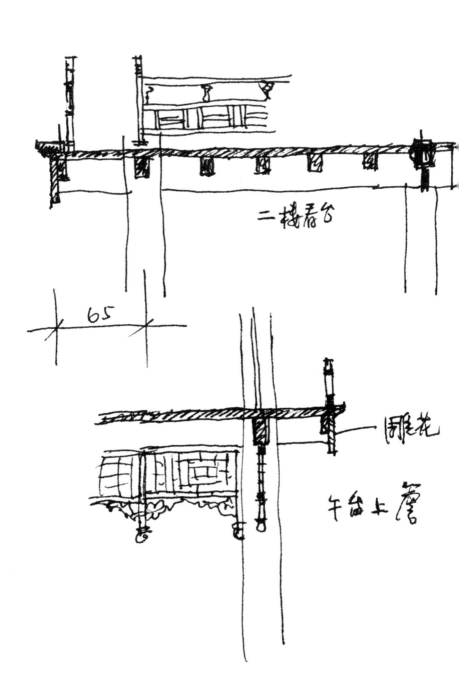

二楼春台

65

雕花

午台上簷

有了戏班院和戏园子，还得有戏园子大门，我就在北影院内外景地，在电影《骆驼祥子》组建的老北京街道——当时只做半个，也就是只有北面一边有店铺——的基础上搭建了五条街。戏园子广和楼大门就放在两条街相交处的高台上，搭建了戏园外立面，门前建一个牌楼，上书"广和楼"三字。在戏园子门前可以同时拍到当时北京的两条街，充分展现老北京的味道。片中法庭的样式想与广和楼的样式区别大一点，有意带点洋味，本来法庭就是外来的，外景用清华大学礼堂大门，内景在棚内搭，效果很好。

片中的照相馆是特别在街的拐角处实建的，两层小楼，楼梯在外，顾客可直达二楼摄影间。段小楼和程蝶衣沿着楼梯走下来的镜头就是在这里拍的。摄影间的天幕[1]，是我专门请北影厂绘景组的一位老师傅画的，他来北影之前就是专门为各照相馆画天幕，韵味十足，时代感特强，别的画家画不了。

说完我的美术工作，与时俱进，我也说说演员的"八卦"。

张国荣是香港著名歌星和演员，我很少看香港电

---

1 指照相馆摄影间悬挂的天蓝色大布幔背景，照像时配合灯光来表现各种天空景象。

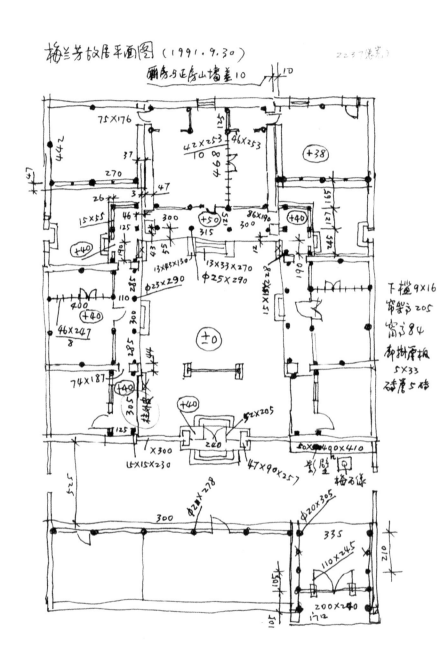

梅兰芳故居平面图 （1991.9.30）

厢房与正房山墙差10

75×176

42×253　46×253

+38

37

270

47

26

15×55　46

125

+40　300

+50　86×190　+40

315　300

13×43×130　13×33×270

φ23×290　φ25×290

400　110

+40

±0

46×247

74×187

+40

125

+40

φ52×205

240

×300

15×15×230　47×90×257

φ23×278

φ20×305

300　335

110×245

200×240

下檐9×16

窗架子205

窗子84

柳掛屏板

5×33

砖磨5砖

影壁

梅石缘

50×90×410

影，头脑太正统，片面地认为香港电影胡编滥造，不懂中国历史，也没有生活依据。所以张国荣拍过什么电影演过什么知道甚少，电影《霸王别姬》是我和他的第一次合作，以后又合作《东邪西毒》和重拍片《夜半歌声》。他给我的深刻印象是工作认真、谦虚、低调，虽然少言寡语，但是礼貌周全，尤其对陌生人和级别比较低的工作人员，更是如此。

在拍摄电影《霸王别姬》时，导演要求张国荣不许同时兼演别的电影，他和我们美术部门一样，提前三个月进组。摄制组专派一位制片同志照顾他，住北京当时最好的香格里拉饭店，并请一男一女两位京剧演员负责教他京剧表演。张国荣很聪明很用功，短短三个月，《霸王别姬》《贵妃醉酒》，手眼身法，一招一式，有板有眼，活灵活现，就是一位科班出身的专业京剧演员，简直神了。

本来戏中的程蝶衣由好莱坞美籍华人尊龙扮演，他在中意合拍的电影《末代皇帝》中饰演过溥仪，这部电影曾获得美国奥斯卡金像奖几项大奖。尊龙的表演很好，形象很像我们影片中的程蝶衣。在拍摄《末代皇帝》时，我和尊龙曾见过几次面，《末代皇帝》组的道具设计师马赢波是我的好朋友，经常把他带到北影我的办公室聊天，相处起来很随和，没有架子，但是这一次傲慢得奇怪。

《霸王别姬》

当时《霸王别姬》摄制组传说尊龙的合同特别苛刻，听起来都是惊骇世俗的，我还记得一些：一是要住北京最好的饭店，推开窗要见北京最好的风景；二是进房间桌上要有美国水和水果；三是他坐的车要是美国名牌车；四是他要带一个保姆和两条狗；五是他的房间不能和摄制组其他成员在同一层；六是每天上午不能拍戏，他要休息；七、八、九、十我记不清了。除了导演，摄制组的人并没亲眼看到合同，但是传来传去，越传大家越气愤，全组一致表示不能用他。回想起来有点可笑，是不是冤枉他了？尊龙是好莱坞的大明星，现在看来这些条件都是正常的……

张国荣的影迷们知道《霸王别姬》摄制组在北影厂摄影棚拍内景，影棚内禁烟。张国荣爱吸烟，常常利用拍摄空隙到摄影棚大门外吸烟，这正是影迷们与他见面的好机会。摄影棚外每天都围了好多影迷，小学生、中学生，还有大学生，特别执着。给我印象最深的是专门从四川赶来的一位姑娘，手拿一束漂亮的鲜花，很早就来到摄影棚外等候着。她说她是代表四川省张国荣影迷协会来的，很真诚！那天她真的有幸见到了张国荣，鲜花也送到了，因为时间紧没有合影没有签字，任务完成转身就走了，估计是赶火车，急着回四川。

专门照顾张国荣生活的那位制片，每天都收到很多要求签字的小日记本，开始张国荣还真的一一给签字，后来发现要求签字的小本本太多了，影响了拍摄工作。那位制片就偷偷地练习张国荣签字，来个"山寨"签字，有求必应，可怜的张国荣影迷们哪会知道啊！他们从早到晚忍饥挨饿，得到的竟是那位制片的签字。出自良心，全组一致谴责，"假张国荣"就收手了。

就在这部戏，我又见到了蒋雯丽，扮演小豆子的妈，她的戏不多，拍完导演连连夸她。不止导演这么说，观众们都被小豆子妈不到十分钟的出场给镇住了，这么棒的演技，拍电影《狂》时临时换角的风波，大概再也不会发生在蒋雯丽身上了。

二十四

《诱僧》·初识小叶

1992年，香港投资拍影片《诱僧》（原片名《白马芦花》），导演罗卓瑶，女主演是著名的"小花"陈冲，男主演是来自台湾的吴兴国。开始制片主任林炳坤告诉我做美术指导，让我再找几个助理，并拉我到圆山饭店和导演见面。圆山饭店是台湾人开的，环境好，服务好，港台摄制组都愿意住在那里。香港人不喜欢在房间内接待客人，见面多在咖啡厅里，也照样给我一杯咖啡，我不习惯，太苦，没有喝。

　　刚一落座，罗卓瑶导演就用香港话和制片主任说："你怎么给我找一个这么大年龄的美术师？"罗导演的脸紧紧绷着，当时我五十多岁了，倒是不年轻了。我听不懂导演的话，以为她为拍摄任务着急，我把手放在膝盖上，微笑着频频点头。罗导演更气了，觉得我不但岁数大，脸皮厚，智商也有问题，就把脸扭过去，气得一句话不说了。

制片主任小声告诉我实情，我马上站起来要走，不干了，主任把我按着说：再商量商量。

不知道制片主任怎么和导演解释的，导演还是让我开始工作了。当时徐克导演拍的电影《狮王争霸》结束了，香港美术指导叶锦添想进《诱僧》组，制片主任和我商量，我同意了。按以前的习惯，港台投资拍摄电影都是他们带美术指导，叶锦添是香港美术师，他要求进组是自然的。

叶锦添当时给我的印象是个顽皮而聪明的小男孩，二十来岁，精力充沛，好奇心大，点子无数，我显然像他的父辈，叫他小叶。初步合作时，我发现他关于中国历史和中国古代建筑史的知识比较欠缺。《诱僧》的故事发生在我国唐代，时间背景是落实的，小叶不了解历史细节，一连串怪点子，我得给他纠正。他对演员造型和服装更感兴趣，从此开始他独树一帜的叶氏美术风格，电影中的场景设计，他就全交给我了。

片中有一个大的场景：唐代彤云寺大雄宝殿。当时导演选定在山西五台山一个旧殿的废墟上搭建。我提出不同意见，一是在五台山旧殿废墟上搭景，根据戏的需要，还要火烧，有破坏文物之嫌，搞不好要进局子的。

另外五台山冬天下大雪要封山，摄制组上不去也下不来，会严重影响拍摄工期，增加拍摄预算。

我建议在北京十渡选景搭建，十渡离北京很近，搭景拍摄都方便。导演同意了，叶锦添对大陆北方的情况不熟悉，想不到这些细节。另外还有一个寺庙方丈屋，导演看中了一个真的方丈屋。我告诉导演，方丈屋可以在我们厂的荣国府贾政院东耳房拍，只是个道具陈设的问题，北影有很大的道具仓库，好解决。至于和尚宿舍更好办了，我在我厂荣国府贾政院五间东厢房中布置地铺不就可以拍了吗！事实证明我的建议既省事又出效果，是最佳方案。这样一来，给导演留下很好的印象，导演也不嫌我年龄大了，姜还是老的辣。

影片顺利杀青，我在一个报纸上看到罗导演接受记者专访，几乎把副导演、制片等几个部门都批评到了——搞电影嘛，你受苦受累没让导演满意就是白搭——还好没批评场景设计，还说："幸亏有个杨老师……"

《诱僧》是我和香港美术指导叶锦添的第一次合作。虽然观众对片子的视觉效果有点争议，认为造型和服装不走常规路，《诱僧》就此获得1993年第三十届台湾金马奖最佳美术设计奖。在台湾颁奖时，还给我发了邀请函，我因事没有去。厂领导于蓝导演参加了，回来告诉

《白马芦花》"祭天"设计图 （1992.11.26）

我没有去台湾领奖真遗憾，会务组把我的房间都安排好了。

从《诱僧》合作开始，叶锦添和我就建立了深厚的感情，常有联系。《诱僧》拍完后，影片男主演吴兴国在台湾有个剧团，邀请叶锦添做舞台美术师。这是他的长项，一干就是五年，也就是说几乎五年没拍电影。直到1998年的一部电影《卧虎藏龙》，我和小叶再次合作。

二十五

《东邪西毒》，苦战毛乌素

1993 年，香港泽东制作和北影厂合拍电影《东邪西毒》，港方美术指导是张叔平，美术助理邱伟民。大陆美术组只有一名美术师和一名美术助理的名额，按说不是好差事，可这部影片的导演王家卫是获得世界级大奖的导演，主创阵容强大，是难得的好机会，大陆美术师的美差竟然落到我的头上了。

　　《东邪西毒》在美术设计上有张叔平大师担纲，又有助理邱伟民帮衬，这二位都是高手，只是在大陆拍片知识和经验少一些，我正好弥补他们的不足。整个影片的美术设计基本上是港方出方案，大陆方落地执行。

　　首先是初选场景，以陕西榆林为根据地，我和助理跑遍了榆林附近的毛乌素沙漠，导演下指令要有两个主景：沙漠客栈和沙漠枯树林。最初的客栈地址我选在沙漠边上的一个小土丘，背景是荒凉的沙漠，汽车可以直接到达，制片部门和置景组很高兴，这样一来置景和拍摄都能顺利进行。一汇报呢，导演和美术指导都不同意。这也是我幼稚了，你想王家卫导演、张叔平美指是什么人？他们对电影质量的苛刻要求是业内著名的，怎么会满足于"效果不错、方便拍摄"呢？说句后话，榆林外景结束后，还要在香港补拍一些镜头。张叔平下令把大量的红柳、荆条和黄土花高价运到香港，土质的细微差别都不放过。这么严谨的美指，我们大陆真少见。

　　张国荣的沙漠客栈怎么办？我们只好冒着热浪再去奔波。几经磨难，在沙漠里累得快昏过去了，终于在沙漠深处找到一个古代烽火台遗址。王家卫和张叔平一看就喜欢，当即拍板通过，可问题又来了！

　　这个遗址距离公路少说也有一公里，没有现成的路，别说汽车、马车，任何人进去都得靠一双脚，这可是毛乌素沙漠啊！制片组和置景组愁得要死，所有的置景材料和设备都得人工运进去，就算场景搭建完毕，摄制组进去拍摄也困难重重，摄影和照明器材怎么搬运进去？主创和各位演员也得走一公里沙漠。正值盛夏，气温常常在四十度，普通人在沙漠上就是走几步已经满头大汗，气也喘不上来，到了现场还怎么拍戏？！更难的是发电车开不进去，没有电摄影组怎么开工呢？

导演和美术指导决心已定，多大的困难也得干，制片组只好决定修路，时间不等人，有了路，置景才能进去搭景。在沙漠中修路有多费劲就别提了，直接用汽车运土肯定不行，当地在沙漠上修路的经验是：得先在沙子上铺一层红柳和荆条，接着铺黄土，再在黄土上铺红柳和荆条，像夹心饼干一样重复好几层，然后用大汽车往返多次碾轧结实。通车以后还要天天维修，否则走了两天，这路就坑坑洼洼了。一公里路的几层黄土还好解决——用汽车运吧，打基础的几层的红柳和荆条怎么办？制片算出来的数量让人震惊，好在摄制组财大气粗，有钱！有钱能使鬼推磨，红柳和荆条源源不断地运过来，海市蜃楼一样的沙漠"公路"终于铺好了。

另一个场景是沙漠深处的枯树林，王家卫导演要枯树真救了我的命，如果导演要活树，打死我也没办法做。我们每天去拍摄现场，汽车要走一段破旧的公路，我发现路边有很多半死不活的老柳树。虽然是老树，姿态遒劲沧桑，把它们运进沙漠不就是导演要求的枯树林吗？我和置景组长王国文师傅立即去打听谁是柳树的主人，正好这一段的树属农民私有，如果属公路局就惨了，就没戏了。

我们趁热打铁，找到树的几户主人，心想你开多少价我们也得买。朴实的农民并没有漫天要价，那时候的人心啊，都克己，都善良。记得树的主人开价好像是二百元一棵，还负责把树根刨出来。价钱合理，制片组带人一共买了三十棵，当即付款，以免夜长梦多。

置景师傅带着卡车和汽车吊，先把树运到离枯树林外景地最近的公路边，开始没经验，想让农民工直接抬进去——太辛苦了，应该说太残酷了，我们空手走沙漠还汗流浃背，怎么能让农民工用肩抬呢？我马上想到东北冬天的爬犁，让置景工人用铁板焊一个像小船一样的运载工具，运树时把树根和树干抬到"船"上，用拖拉机拖。反正导演要的是枯树，树枝树叶拖光了，正好到现场就不用继续加工了。没几天就把三十棵柳树运到现场。好运来了，在沙漠上"种"树太容易了，根据构图我只要画好树的位置，农民工几铲就挖好一个坑。这样一个神奇的漂亮的枯树林就布置好了，等到摄制组到现场工作时，大家都奇怪怎么在这个光秃秃的沙漠深处竟然有一片枯树林呢……

当地的农民工的艰苦劳动感动了《东邪西毒》摄制组的所有人。当时大陆方制片有一位名叫郑达，本是上海人，后移居香港，一米八的大个子，工作认真负责，年轻有为，雷厉风行，敢做敢当。我们常年合作，感情很好。

郑达见当地农民太辛苦了，太穷了，心里十分同情，不但同情，还付诸行动，所以说敢做敢当嘛。郑达每次都亲自去沙漠腹地给工作人员送饭送水，他见农民工饭量大，总是给双份。有的农民工舍不得吃饱，想带给家里孩子们吃——摄制组的盒饭他们是第一次吃，当是难得的美餐，郑达就每次都另外带一大口袋馒头来，这样农民工就可以吃饱了。那时候像宝贝一样的瓶装矿泉水送到现场也不计数，请农民工随便喝。但他又发现农民工宁可自己少喝，也要给家里孩子带去，他就用大塑料桶增加白开水，这样农民工们就不会忍着口渴干活了，有时还专门给农民工送啤酒和西瓜，想不到我们美术组也沾光了……郑达这人真好！

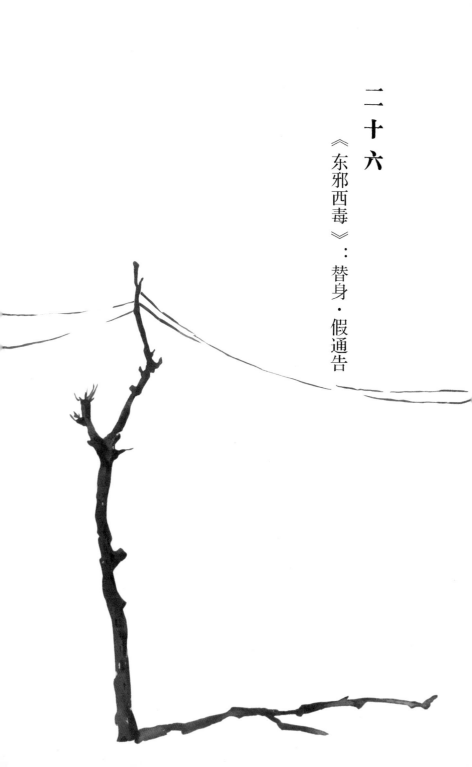

二十六

《东邪西毒》：替身·假通告

《东邪西毒》的影迷特别多，我就继续聊一些吧。《东邪西毒》摄制组有八个大明星参加，有林青霞、张曼玉、张国荣、梁朝伟、梁家辉、张学友，另外两个我不记得了。要八个大明星同时出现在摄制组是不可能的，总是有缺席来不了的，只好借用替身演员，每个大明星都有对应的替身。

　　《东邪西毒》是武打戏，高难度，有危险，有武术功夫的戏，大明星是拍不了的，必须由替身演员来拍。明星演员只是拍一些中景、近景、特写镜头，告诉观众这个角色是某某明星，而远景、全景的镜头，观众看不清演员的面貌，只是看到大的动作，这时替身的出场，给观众的印象还是那个有中景、近景、特写的明星。

　　替身演员在摄制组就是个"特殊"群众演员，可能酬金比一般群众演员多些，但地位无法和大腕明星相比。比如当时著名演员秦汉到摄制组探望林青霞时，王家卫导演让我陪他们俩看《东邪西毒》外景地，我一下就记住他们俩的名字，然而林青霞的替身，经常和我们在一起工作，我至今不知道她叫什么名字。

林青霞的替身演员，是个二十多岁的姑娘，身材远看真酷似林青霞，近看面貌，发型也有点像林青霞。她学过武术，武功很好，做林青霞的替身实在太合适了，不知副导演是怎么找到的，真是不容易啊！替身演员和普通群众演员不一样，她要长期在摄制组，几乎和摄制组的工作人员一样。但在摄制组却没有相应的部门接纳她，她只好每天和我们美术组在一起。因为美术组最早设组，又有固定办公室，美术组还管辖服装组和道具组，这两个组经常和她有联系，所以我们见面的机会就多了。三个多月的拍摄，她把美术组当成了家，有什么话都愿和我们讲。这个姑娘踏踏实实做替身，好好演戏，默默付出。电影公映后，观众只知道林青霞演的角色如何如何好，却不知道林青霞的大部分戏都是这个不知名的小姑娘演的。真遗憾！

在《东邪西毒》的外景地，摄制组住在陕西榆林市榆林宾馆。榆林市有两个公安局，我们得请一个公安局参加协拍，地区公安局是领导县公安局的，嫌麻烦，就让县公安局参加。听说当时公安局已经三个月没发工资了，县公安局同志一进组，每天都发补助费，还住在宾馆白吃白喝，在他们看来是很高的待遇了。这时地区公安局又想参加摄制组协拍，摄制组已经没法子接纳，因此得罪了地区公安局，他们就想方设法找摄制组麻烦。

因为山高皇帝远，工期长，摄制组极个别同志的坏心眼按捺不住，偷偷打牌赌博甚至乱搞男女关系。地区公安局在宾馆安插了耳目，叫服务员到各房间查看，如有赌博打牌的，马上通知地区公安局，马上来抓人。公安人员一进房间，首先把桌上的现金全部收走，然后就绑人。第二天摄制组就得派制片去公安局赎人，赎人得用现金，给钱就放人，抓赌也是地区公安局的一项收入。乱糟糟的男女关系一眼就能识破，在宾馆大门口看吧，当地的小姑娘，第一天穿得很朴素，来宾馆为客人收洗衣服，没几天这个姑娘就穿了漂亮的连衣裙，再过几天就骑着漂亮的女式自行车了，钱来得真容易。

还有两个小插曲，摄制组开拍了，全组每人发一件工作衫，上印"东邪西毒"四个字。第二天，全榆林市满街都是穿着"东邪西毒"工作衫的年轻人，制片组傻眼了。后来听说是一个市里某个商店盗版印刷的，生意特别好。

当时摄制组在餐厅吃饭，只要坐满桌就上菜，后来管伙食的同志发现好多食客都是当地居民，不是摄制组的，而且越来越多，到摄制组回来吃饭时已经盘干碗净了。后来就改发餐券，发餐券也不行，因为宾馆里有内奸，餐券照样流出去。

摄制组快杀青了，临近撤离，地区公安局忽然扬言要到摄制组驻地，让犯错误的姑娘指认和她胡来的男人，宁可错抓也不放过，还要在回北京的路上设卡。摄制组人心惶惶，姑娘如果闭着眼睛乱指，不就乱套了吗？当时，我和制片主任杨克炳住一个房间。有一天，聪明的杨克炳在宾馆大门和大厅发了一个假通告：明天上午九点出发到某景地拍摄。实际全摄制组已经准备好了，连夜撤回北京。我记得我是坐运服装的大巴车走的，还不时看看回北京的路上有没有榆林地区公安局设的卡。你看我一个美术师，还操着制片的心……

二十七

《夜半歌声》，可爱的鲍大师

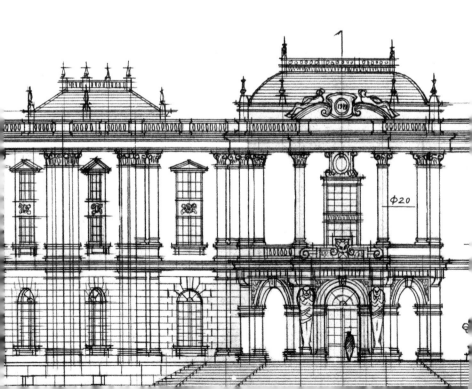

1994年，我参加重拍电影《夜半歌声》美术组工作，导演于仁泰，摄影指导鲍德熹，美术指导马磐超。这种合拍片基本都是港方出点子，我出气氛图、制作图和设计具体实施方案，并在棚内指挥搭景。剧本中最大的场景是个剧场，我曾在北京珠市口看到一个民主剧场，大小和样式接近三十年代，又与北京老戏园子有区别，符合历史，可以作剧场设计依据。但香港美术指导胆大敢想，非要我设计成法国巴黎大戏院的样子。多读几遍剧本，我也体会到，巴黎大戏院和杜小姐家压抑的中式客厅对比，视觉冲击力更强。

　　"巴黎大戏院"是在北影4号棚也就是特大棚搭建的，要求真景实搭，每个包厢都能坐人。观众近千人，面积近两千平方米的特大棚被撑得满满的，还要拍摄这个大戏院一把火被烧掉的画面。这个活儿只有北影厂敢接下来，置景车间只用了一个月就完成了，导演、摄影一看都喜欢。"火烧戏院"是重场戏，真是冒很大风险，地处市区的北影摄影棚内是严禁动火的，消防工作需要层层特批，一旦出事，后果惨重，谁也担不起这个责任，当时真是敢想敢干不计后果。那个时代电影大于天，上上下下全力配合，厂领导懂业务，为了达到效果，往往亲自到一线查看。

拍戏之前，美术组做了充分准备。一是把整个布景全涂上防火材料，二是每个火点放一个煤气罐，有专人控制开关。导演一下令开拍，煤气打开点火，导演下令停，就关火。我现在口述一遍，已经心跳了。当时实验多次，大家配合得很好，做到了万无一失。

我记得1994年3月实拍的那个下午，二十六个包厢先起火，接着舞台起火，大厅中央起火，火势越来越旺，棚顶的布幔边烧边落下来，影棚内三十多处火点成了熊熊之势，浓烟滚滚，烈焰腾空。真得不能再真，完全达到了导演要求的悲剧效果，简直是一场惨剧。灭火大队也为这个戏训练了半个月，摄影棚外停了两台消防车，北影厂的领导、厂办、保卫处、烟火车间几十人都严阵以待，启动了"一级战备"。火焰扑灭之后，特大棚安然无恙，现场一片掌声。《夜半歌声》火烧剧场拍得的效果

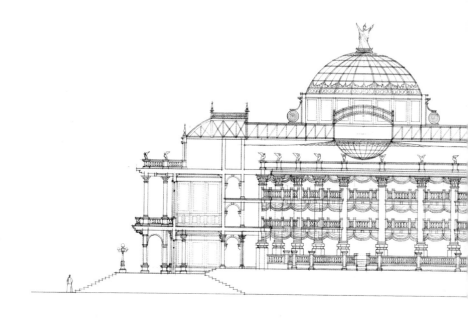

很好，但是以后厂里坚决禁止棚内动火了，当时确有摄制组把摄影棚烧了的案例。

戏院的外景火烧，是我们在大兴县[1]农村找一个空旷处，做个五分之一模型烧的，内外景结合，效果逼真。后来我在电影《霍元甲》摄制组碰到《夜半歌声》的香港录音师，当导演告诉他我就是那个火烧戏院的大陆方

1 现为北京市大兴区。

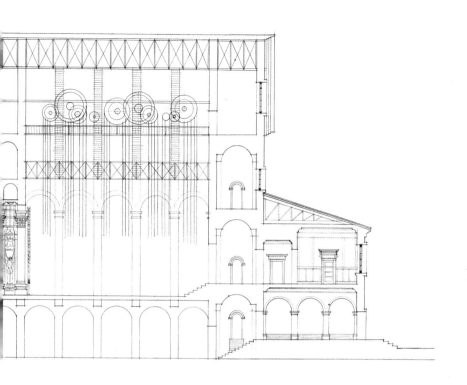

美术师时，他激动得要给我行个大礼，竖起大拇指夸奖
我，说那场火烧戏院戏拍得太好了。我心想我以后再也
不敢在棚内拍火烧了，简直是玩命。

《夜半歌声》的摄影师是鲍德熹先生，香港同事都
叫他 Peter Pau，他是香港著名演员鲍方——我们熟悉的
"屈原"——的儿子。鲍家是电影世家，鲍德熹十三岁
开始就泡在摄影棚里，美国留学后回香港参加拍摄无数
大片。最早在 1994 年北影厂与美国合拍电影《金龙群英
会》（未拍成）时我就和他认识了，这是一位技术高超、
精力充沛、干劲十足、热情高涨、态度像一团火一样的

好人，这火有时候也出事啊。在《夜半歌声》摄制组，除自己的摄影组外，导演、制片、美术、服装、道具，演员，几乎每个环节他都关心。记得是拍戏院的前一天晚上，他不放心，也加班进摄影棚视察陈设道具，不知哪件事没安排好，他就当着道具部门严厉批评港方美术师没有安排好工作。

要知道，在摄制组中摄影组和美术组是两个平级部门。道具组是属美术部门，是在美术师指导下工作，你作为摄影师，在道具组面前有什么权力批评美术师，这不是让美术师出丑吗？以后还怎么指导美术组工作？美术组觉得鲍大师管得太多了，越想越觉得憋屈，挑摄影组的错骂回去，也不太现实，就联名给导演写了一个"辞职信"。美术组歇工了，马上影响下面的拍摄，导演和制片主任出来调停，鲍大师很懂人情，本以为说的"事"，没想到伤到人心，马上到美术组办公室做了道歉，事情才过去了。

好人心急做了莽撞事，对事不对人，鲍大师把电影当作生命，行事磊落，心地善良，是个难得的真性情的人。有时候，年轻一辈的摄制组同行看到鲍大师的名字在主创名单上，都是又喜又愁。一方面高兴遇到知无不言的鲍大师能提高自己的业务水平，一方面又怕鲍大师的著名的爆脾气……

2007 年中美合拍《功夫之王》，我又与鲍大师相遇了。鲍大师还是老习惯，进组后事事过问事事关心，首先审查各组成员名单，他认为不合适的就换掉，听说已经换了几个部门的组长。当他看到中方美术指导是个来自香港的年轻人时，鲍大师也想换掉，但往下看，熟悉的名字"杨占家"出现在他的眼前，他马上说，中方美术指导不换了。这是那位香港美术指导林子桥事后告诉我的，这位年轻人很感谢我给他撑台，我也感谢鲍大师对我的体贴、体恤。在拍摄电影《花木兰》的时候，我们一起去外景地选外景。鲍大师说："山路难走，杨老师不要上山了，我替你看你就放心喽……"鲍大师在工作中不但没有架子，心里眼里还关心着别人。在电影行业里有才华的聪明人很多，难得的是鲍大师这样才华高、人品端正、心地又善良的人。

重拍片《夜半歌声》已经是二十多年前的片子了，时间虽然久远，还有些事情可以回忆起来……

在《夜半歌声》的制作中，我错用了一个助理，给我带来很多麻烦，不必说出名字了。他很能干，书法、画画都在行，应该说是个好美术助理，很有前途的。然而他的经济头脑太强了，使尽脑筋捞钱。本片有场祠堂景，厅内要挂六幅祖宗画像，为了制造气氛，画像有意夸大，每幅 150 厘米 × 500 厘米。美术组没有力量完成，我们决定让这位助理负责到外面请人绘制。没几天就画好了，通知美术组验收。当我们发现画像还有些不足之处，提出修改时，没等画者表态，这个助理马上摆出很多理由表示不能修改，我们很生气。

这位助理是摄制组成员，拿着摄制组的工资，怎么不站在摄制组的立场说话？事后知道，此画是这个助理承包的，他拿大头，具体画者拿小头，如果修改，定是他的损失。香港美术师生气了，通知我第二天就不想再见到他，把他开除掉。当时我听了很不舒服，我说在香港你可以随便开除一个人，在大陆不行，大陆主张重在教育，应该给犯错误的人一个改正的机会，不能一棍子打死，我的意见是再看看。我向制片主任汇报，主任支持我，只是到了合同期满，不再续签就是了。这个助理在摄制组多停留一个星期，也算给足面子。

在2001年我加入一部合拍片《天脉传奇》的摄制组时，又碰到这位助理。当时他还带一个同事，也是同学，他告诉他的同学，工资已和制片谈好，每月发工资时由他代领。几个月后有一天，这位助理不在，制片随意地把工资直接交给了本人。这位憨厚的同学发现，工资多给了，发错了，找到制片直接退钱。制片说没错，你看合同，原来这位助理每月要扣这个同学工资的20%——露馅了。

这事很快传遍摄制组，大家都很气愤，世上还有这么无情的同学。还是在这组，有个大厅墙上要写满经文，这个助理提出，他儿子可以写，但要在家里写。事后知道不是他儿子写的，是他每天提前回家写的，很奇怪在那段时间，他总有事要求提早回家，显然这笔外加工费给他了……见便宜就拿，格调太低，这样的助理在美术行业不容易有进步，更难成气候。

二十八　外行『大闹天宫』是危险的

1996年，拍电影《大闹天宫》，导演是上海电影制片厂的张建亚，投资人是一个年轻影迷，一生酷爱电影，后来在海南投资房地产发了财，原来想为他公司盖个办公楼，也不盖了，想用这笔钱拍电影。这年轻人选中《西游记》中的《大闹天宫》的剧本，并多次去美国好莱坞考察，还为拍电影购进了全套世界最先进的电脑设备。当时正值《侏罗纪公园》电影红遍世界，这是一个系统工程，影片上映了，还可以搞服装道具展览。像搞恐龙玩具一样，搞孙悟空玩具，让中国的孙悟空也卖到全球去，这是多么大的理想啊。他万万没有想到拍电影要很大投资，拍神话电影投资更大，又去找一个文化单位合资，没想到影片拍到1/3时，那个合资的文化单位突然撤资，摄制组只好停下来，太可惜了。

当时我们美术组已在棚内搭好三个景，拍完了两个。一是兜率宫，二是斩妖台，第三个是蟠桃园搭好待拍。兜率宫，我们设计的是八角大殿，八卦地面，炼丹炉可从地下升起，太极为门，可以开合。整个大殿、梁架、柱、隔扇、门窗和地面均为青铜造，炼丹炉更是青铜的。因为摄影棚的地面不能挖得太深，所以炼丹炉要做成上、下两部分，上部分可以拍炼丹炉从地下升出地面，等到5.8米高的炼丹炉在大殿中拍全景时，上下两部分再合起来，拍摄效果导演很满意。

斩妖台，我们设计周圈有看台，中立一铁柱，上悬一铁斧，整堂景皆为铸铁。"蟠桃园"，我们在北影厂特大棚的高台上种很多桃树，有三千年开花的，有六千年开花的，有九千年开花的，中间建一个亭子，给孙悟空休息用的。桃园入口处建一石碑坊，上书蟠桃园，桃树的枝干是真的，桃叶是纸做的，桃树上长的桃子，是我们专门到北京平谷[1]桃园定的最大的鲜桃，演员可以吃。四周绿布景，以便以后用电脑接天宫。可惜这场景搭完了，摄制组就停拍了，欠大家三个月工资也发不了。这个年轻老板向大家保证，他一旦有钱，一定补发给大家，

1　现为北京市平谷区。

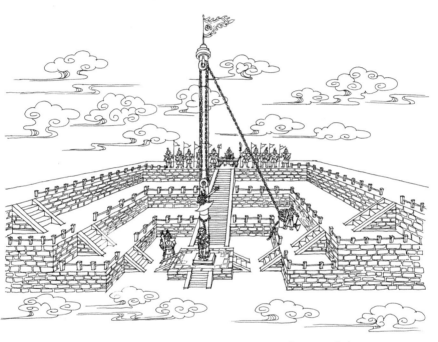

《大闹天宫》"斩妖台"设想图 (1996.3.16)

《大闹天宫》"蟠桃园"设想图

(1996.3.13)

我们半信半疑。

一年以后，果真接到电话通知大家到他的公司去领取劳务费。我们当时都不敢相信这个钱还会发下来，真是天上掉下来的好事。以前常有老板失信，欠钱跑了的事，就算不跑，也绝不再提一个字。

这么有信用的老板，又真心想做电影的，难得。这位年轻影迷老板以后怎样了，不得而知。全组同事都惦记着这位老板，想告诉他，外行"大闹天宫"是危险的。

二十九　1997，被炒一次鱿鱼

1997年，香港投资拍电视剧《千秋家国梦》，请我做美术指导。香港监制李惠民知道我是北京电影制片厂的美术师，他就提要求，请我按拍电影的方式筹备这个电视剧。开始我们真的像拍电影一样画了很多气氛图，每场景都搭得很认真，效果很好，导演很高兴。等到以后资金有问题了，导演的态度就变了，比如有个外景需要加工才能拍，导演就说不用加工了，问我有没有演员，有演员就行，只拍演员。后来听说此片导演也投资了。

　　《千秋家国梦》在广州拍摄时，摄制组住在广州珠江电影制片厂招待所。我的大助理陈浩忠，年轻有为，聪明伶俐，性格诙谐，小草图画得棒，对师傅又孝顺，我特别喜欢他，每次进组他都和我住一个房间。当时在广州买光碟很方便，大约十块钱一盘，还经常碰到卖流

《千秋家国梦》许氏宗祠"祖先厅"设计图 （1997.3.14）

《千秋家国梦》"许记植号" 设计图 (1997.3.21)

行的美国好莱坞大片，陈浩忠还专门为我买了小播放机。我有时因工作有烦心事，晚上失眠睡不着，他就给我放美国好莱坞大片。飞机火箭，胳膊大腿，打打杀杀，我一看就睡着了。

我的另一位助理杨兴占，是我工艺美院的校友，后来《北影画报》的主编，发现我们经常看美国大片，就问怎么能看到。陈浩忠最爱开玩笑，就骗兴占说："是电视上播的，不知道哪个频道，你自己找找吧！"还嘱咐我一块捉弄兴占。就这样，实诚的兴占，可怜的兴占，每天都在电视上找，九点也找，十点也找，十二点还是找不到，天天熬着找大片，憋了一肚子气。最后不得不让他拉开写字台的抽屉看看，兴占才恍然大悟，是小播放机里播光盘……有这两个活宝助理，我在外景地就像在家里一样开心。

在外景地，天天大事小事不断，有锦上添花的，更多是火上浇油的。

我们转到天津拍摄，外景在天津老干部俱乐部，场景豪华，又有时代特色，经常有摄制组拍戏。有一天，拍摄游泳池一场戏，我在现场发现有个现代抽水机穿帮，我马上让跟戏场工把它拿开。那个场工抱着胳膊站着不动，不认识我是美术师，当场顶了我一句——"看不到！"造反了！这还得了！在现场，场工不听美术师的，就等于演员不听导演的一样严重！你还想干吗？我马上把此事告诉场工组长三友，三友对下属一向严厉，又是我的好朋友，当即让我指出是谁，马上让他卷铺盖走人。这时我心倒软了，死活不告诉他。我想如果开了他，他今晚住哪儿？谁发他盒饭？月底谁发他工资？事后这场工见到我非常客气。因为我经常不在拍摄现场，这场工不认识我，可以理解，否则他哪敢啊。

我不炒别人鱿鱼，自己倒被炒了。

也是1997这一年，香港导演徐小明拍电视剧《中华大丈夫》，好不容易找到我，激动得在长途电话上跟我谈剧本，谈拍摄计划，足足谈了一个多小时。我也被他感染了，准备撸起袖子好好干一场，谁知半路出了岔子。

《中华大丈夫》的主创人员住在上海龙华迎宾馆，紧邻龙华寺，听说是龙华寺的产业。这部戏的美术助理是上海人，本应和我住在一起。制片不让，非让置景组长和我住在一起，我们的工作性质不同，作息时间也不同，真不方便。置景是正常班，早八点必须进棚，棚在上海龙华机场，宾馆到机场走路要十五分钟，置景组长必须七点半出发，否则置景工人不能准时开工。下午六点钟才能收工，那置景组长是很辛苦，每天晚饭后，洗完澡他就上床睡觉了。

美术师就不用起那么早了，置景组长到了晚上就睡觉，我正好要画图，灯要亮到半夜，这置景组长不乐意啦。他要求我早七点半和他一起进棚，严厉地说他们珠江电影制片厂的美术师就是这样和置景一起干活的。这和"文化大革命""工人阶级领导一切"是一样的路子，我刚到北影拍样板戏时，置景工人也要求美术师这样做。现在是1997年了，今天的置景组长还要领导美术师，工作流程和上下级关系全反了。忍来忍去不能再忍了，我就向制片主任提出，要不留我换置景组长，要不留置景组长让我走。结果，你们猜制片让谁走了？

当然让我走了。制片马上给我买飞机票，让我回北京，这是我从影四十年唯一的一次被炒鱿鱼。

事后才知道，这位置景组长是导演的亲戚。这种沾亲带故的事情在电影圈里是常事，这里不好干，我就换个组干。听说我走后，制片找了几个美术师，香港美术指导都不喜欢。我心想，要找像我这样既懂建筑又懂电影、画图又快的美术师不是很容易的。

三十

《卧虎藏龙》·这位先生是谁？

1998年的一天，我突然接到叶锦添一个电话，说台湾的李安导演约他做电影《卧虎藏龙》的美术指导，他希望我能帮他，如果不能来，他就不接了。五年不见，小叶一开口就给我这么大面子，谁能不动心？我不含糊，保证说："我一定来！"

　　《卧虎藏龙》是我和叶锦添的第二次合作，导演是台湾著名导演李安，听说他是第一次到大陆、第一次到北京，对大陆对北京了解甚少。我和叶锦添约好，我准时进组，进组后马上投入设计工作，还和以前一样，叶锦添是美术组大总管，场景、道具、化妆、服装几个部门的工作。由他一个人对李安导演负责，他的兴趣和特长还是在演员造型和服装设计上。不久，我的朋友香港美术师黄家能也加入进来，我和黄家能负责场景和道具的设计。有时叶锦添出点子，我们负责落实，有时就由我们来设计，他也放心。我画了很多气氛图，最后由他定。

电影中有两个主景，一是贝勒府，一是玉蛟龙家玉府，都是北京王府级的大四合院，风格相近。我建议两个府合搭在一个棚里，这样可以省一个棚的费用，又可减少转场时间，利于拍摄。经过改景，又使两景互做背景，扩大了景的空间。拍贝勒府时，玉府就是贝勒府院内的倒座房；拍玉府时，我在院中加搭一个垂花门和一段带漏窗的围墙，贝勒府大殿就成了玉府对面的邻居，使两个府的空间扩大了。叶锦添觉得是个好主意，完全同意。

按照电影厂搭景的程序，先按设计图纸在棚内放底盘，在底盘上搭建房子的基座，在基座上画出柱网，再在柱网上立柱子。叶锦添是在我们立柱子的时候到摄影棚来看的，当然给他的印象是满棚的柱子，像树林一样，马上打电话让我们去掉一些柱子。他不懂古建规则，我非常了解，是误会了。我说一根柱子也不能去，因为这些柱子都有用：有些柱子是廊柱，在室外；有些柱子在隔扇和门窗之间，只能看到二分之一；有些柱子在墙角，只能看到四分之一和四分之三。总之我把他说糊涂了，小叶默默地挂了电话。等到这场景搭完了，再请他看，

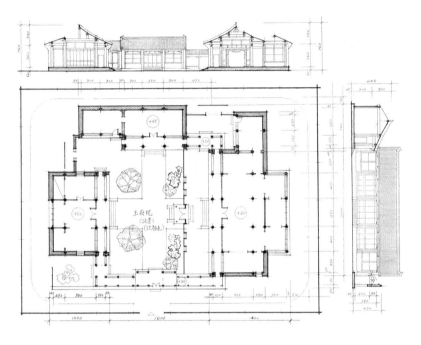

注：在北影特大棚搭
门窗另选

《卧虎藏龙》

铁府书斋、玉娇龙房
玉夫人房等设计图

比例 1:200 单位 CM

1999.6.19

他非常满意，同时我也告诉他，一根柱子都没有去。小叶明白了，哈哈大笑。

片中的"雄远镖局"，我们是参照安徽徽派建筑的祠堂设计，在摄影棚内搭建的。祠堂内通常有个天井，便于下雨时排水，中间都有一个石头甬道。当时主演杨紫琼有腿伤，导演要求我们去掉石头甬道，使院子平整，便于拍武打戏。这样做，虽然不符合生活，我们还是按照导演要求改了景，尽管总感觉不舒服。这就是艺术的不真实，没有人去追究，因为观众看的是演员的武打，环境的不真实也就算了。

片中的"聚星楼"，要拍演员武打，破坏性很大，我们只能进棚搭内景，便于搞破坏。例如要把大厅中的木楼梯打断，实景很难拍，搭景的话就很容易了，用锯子先把楼梯大梁锯断，拍摄时用钢丝一拉，楼梯自然就断了……

拍演员在竹林顶上的武打戏，全景在浙江省安吉县安吉竹海拍摄。拍近景和特写时，我们是把毛竹的顶部锯下，插在地上可以储水的铁筒中拍摄的，因竹子不能离开水，离开水就枯死，要经常换水换竹子。这样在地面上拍竹林顶上的戏就方便而安全了，演员们特别高兴。

最后拍玉蛟龙飞身从桥上跳下的镜头，外景是在石家庄苍岩山拍的，山势险峻，风景优美。而石桥的局部

271

是我们在地面上按苍岩山石桥的样子搭的景，在地面上拍演员飞身跳下就容易而安全了。

拍《卧虎藏龙》电影时，我觉得我们美术组和拍别的电影一样，按部就班地工作，没有特别厚待它，最后获得奥斯卡金像奖的最佳外语片、最佳摄影、最佳美术[1]等一连串大奖，真是没有想到。后来看到李安导演在回忆录（《十年一觉电影梦》）里说，拍《卧虎藏龙》的时候，遇到各种难题，李安导演多次想杀掉演员自己咬舌自尽。这当然是开玩笑，李安导演大概也没想到无数的荣誉在等着他。

李安导演对我在《卧虎藏龙》的美术设计上的作用是清楚的、满意的。后来在拍电影《色，戒》时，李安导演让制片主任到处找我，希望我能参加。我多么想和李安导演再次合作，可惜我刚刚答应了加入吴宇森导演的电影《赤壁》剧组，美术指导还是我的"老上级"——小叶……

香港著名演员周润发，拍了很多电影，在国内外有无数粉丝。我对香港电影有一点偏见，电视剧也看得很

1　按更通用的译法，此处指第 73 届奥斯卡最佳艺术指导奖（best art direction-set decoration）。

少，所以我不认识周润发。

1997 年冬天，"百年润发"洗发水在北京拍摄纪念100 周年广告，请周润发主演：一是周润发太出名了，二是他的名字叫"润发"，正好是洗发水的名字。担任广告设计的香港美术师奚仲文，经过朋友介绍找到我帮忙。其中有一场小戏台的戏，我们看了北京安徽会馆的戏台，奚仲文很喜欢，但当时电视剧《烟壶》（当时暂定名为《北京鼻烟壶》）摄制组在用，时间来不及，我就建议小戏台可以在北京电影制片厂地外景北京一条街选个空场自己搭建。奚仲文答应了，但要求我在他们回香港之前把小戏台设计图交出来。我只用两个小时就画完了，奚仲文看了设计图很满意，通知我马上开工。

有一天，我和置景师傅们正在现场搭小戏台，不知何时奚仲文带着一个香港朋友来到现场。那位香港朋友身材高大，特别有礼貌，主动和我握手寒暄，怕惊动工人师傅们干活，动作和说话都那么轻轻的，还向工人师傅招手致意。全场人都受宠若惊地咧着嘴笑、齐刷刷看着他，看来除了我大家对这人都很熟悉。我记得当时的场面非常奇怪，我也没多想。

工作安排好后，我好奇地问奚仲文，这位先生是谁？他小声告诉我这是周润发，我问："周润发是干什么的，是你的老板吗？"他说周润发是香港著名电影演

《赤壁》周瑜官邸 木雕详图　　比例 1:5　单位 CM（2007.1.25）　　说明:双面透雕

90

《赤壁》周瑜官邸 木雕详图   比例 1:5   单位 CM (2007.1.25)   说明:双面透雕

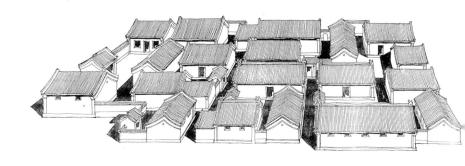

屋顶景气氛图

(1999.7.7)

员……哦，虽然我不知道这个名字，感觉周润发的做派真让人起敬，我真想再和他握一次手。

我的小儿子和儿媳是周润发的影迷，听说我和周润发在一起拍广告，就求我带他们到拍摄现场。在现场，他俩不但看到了"活生生"的周润发，一说想合影，周润发就满口答应，还主动提出在哪个角度拍更好，合影后他又主动和两个影迷握手道别。我家儿媳走路一直举着手，也不知道为什么……

在电影《卧虎藏龙》摄制组我又与周润发相遇了。他经常到我们美术办公室来聊天，看大家不忙就请吃水果，甚至吃火锅，每次都主动和大家合影。当和我合影时，他见我年龄大，不让我起身，要我坐下来，他在我背后站着合影。这个合影很珍贵，有一段时间我一直带在身上，年轻人看了都笑我是个老追星族。周润发，我愿意追。

三十一

横店影视城

五十多年的工作生涯中，我除了教学、拍电影、电视剧外，还参加了横店影视城的"江南水乡"和"明清宫苑"设计。

　　1985年，电视剧《西游记》的美术师马运鸿，把剧组在棚内搭的景经过适当改进，长期保存供游客参观游览，变成"西游记游乐宫"。市场反响很好，引来好多城市效仿，当时位于浙江东阳的横店镇就是其中的一个。

　　横店是我国地图上找不到的一个贫穷小镇，只有一条很短的万盛街，没什么商店，但有一个非常丰富的磁铁矿，积累了一些资金，横店盖了几个大棚，也想搞游乐宫。北京电影制片厂和解放军八一电影制片厂联合去投标，住在横店宾馆。我是执笔人，用了一个星期的时间交出了一个方案"封神演义宫"。横店集团创始人徐文荣对方案很感兴趣，专门宴请我们，这是第一次见面。

最终我们没有中标。究竟是谁中标？效果如何？不得而知，但听说因为效益不好都拆除了。此路不通，另辟新路，这就是以后的"横店影视城"大道的起点，一直走到今，走向全国，走向全世界，号称"东方好莱坞"。我没去过美国好莱坞，但去过的人讲，横店影视城，为影视提供的场景比美国好莱坞大多了，而且还在扩建，好多外国摄制组慕名而来，但愁的是在中国地图上找不到"横店"这个名字。

1995年上海电影制片厂谢晋导演的《鸦片战争》，由美术师邵瑞刚、秦多设计搭建的广州街和香港街，是横店影视城的第一个场景。《鸦片战争》的道具组组长是北京电影制片厂著名的道具师张先春。张先春业务精湛，为人热情，我们在《霸王别姬》时一起合作过，是老朋友。他得知谢晋导演为资金缺口而发愁时，不知他动用什么关系找到了横店的徐文荣，徐文荣一诺千金："你们把设计图纸拿来，一切费用我们出，建好你们摄制组尽管拍。"

第二个场景是1997年北京电影制片厂的导演陈凯歌拍电影《刺秦》时建的，美术师屠居华、林琦设计，原定在河北易县搭建影片中的"秦王宫"。地基都做好了，突然投资方没钱了，逼得导演又找张先春，又找到横店。

徐文荣还是那句话："你们把设计图纸拿来，一切费用我们出，建好你们摄制组尽管拍。"

第三个场景的时代背景是宋代，曾经是我的美术助理的张国军和他的香港朋友合伙投资拍摄电视剧《宰相刘罗锅》，大赚一把，继而想投资拍摄电影《清明上河图》。美术师郝静远、王天石也在横店建了景，可惜景建好了，不知什么原因投资方不投了，电影没拍成。

"秦王宫"旁边有块空地，面积不大，地形高高低低非常复杂，张先春与徐文荣两大巨头商议要建一个"江南水乡"景。因为我是建筑和电影跨界人才，张先春就邀请我参加设计。我们一起参观考察了几个有名的江南水乡，最后确定以江苏周庄为蓝本。特别是周庄富安桥，桥身四侧的桥楼，雕梁画栋气势非凡，非常吸引人，每座建筑各有特色，视野开阔，拍摄角度丰富。最妙的地方是，在桥下看，四座建筑都有一层店铺。当你走到桥的半腰，四座建筑又都有二层店铺，游客可以不走一层店铺的楼梯，在石桥的半腰就进入四个建筑的二层店铺。这座石桥既是过河石桥，又是四座建筑的共用楼梯，可以减轻四座建筑一层楼梯的压力。现代城市中过街天桥上可以进入商店的二层，可能就是受富安桥的启发。除仿制富安桥之外，我们还在河上构建了八种不同样式的石桥，可以说，我们把江南水乡的石桥样式都集中了。

这条河我们是按照建游泳池的标准建的，河岸、河底都是钢筋混凝土浇筑的，不会跑水。岸上主要位置建一座祠堂，河的南岸建一戏台，戏台向南面做陆上戏台，前有小广场，戏台向北面，坐落在水上。江浙一带的民俗习惯在船上看社戏，隔河对面建一敞开式餐厅、茶馆，便于坐在厅里看戏。餐厅、茶馆背后建一条街，有店铺、客栈和私塾，祠堂的河对面是从当地拆迁过来的三座古民居，河的顶端建一长廊，中间建一座亭子，主次分明。亭子处是拍摄水乡全景的最好机位。

听说场景还没完全完工就有很多摄制组提前登记拍摄了，"江南水乡"虽然规模不大，但场景种类繁多，便于拍摄。可惜街道太窄，不好进发电车，好在不远处就是秦王宫外的大道，发电车尽管停。这是第四个场景，而且是我参加设计的。

第五个场景是1998年设计的"明清宫苑"，此名为了区别北京故宫。一直以来，明清历史戏进北京故宫拍摄太难了，只许摄制组拍外景，而且时间限制得很死：早晨九点以前和下午四点以后，而且拍摄收费很高。如果是夏天天亮得早，太阳下山晚还可以考虑，如果是冬天，天亮得晚，天黑得早就不值得了。故宫简直成了明清历史戏的一个大心病，如果在横店搭建故宫，这个决心只有徐文荣敢下，不愧为徐大老板，他答应了。马上选址，当时横店已经没有这么大的平地了，只好向小山丘开刀。大概用了两年才把十多个小山丘铲平、夯实。

横店影视城总设计师张先春马上组织设计班子，他了解我原来是搞建筑装饰的，古建是长项，要以我为主，给我找了九位助手，一边教一边学一边干。为了设计方便，就在北京电影制片厂东隔壁总参测绘局招待所订了一个会议室作为我们的设计室，这样到故宫拍照片，收集资料，到北京图书馆查资料，就是到北京新华书店买书也方便。

等我们的设计图画好了，总设计师就拿到横店建筑设计院翻成工程图，再交施工单位施工。我们的设计图是按中国古建木构设计的，横店建筑设计院要把我们的设计改成钢筋混凝土结构，室内看不到梁架的就不做柁、檩和椽子，外檐的斗拱[1]就不用真做了，可以用水泥制模贴上去，因为它已经不起出檐[2]的作用了。水泥制模施工起来又快又好，画上彩画，和真斗拱一样。基座和栏杆的石作，都是用白水泥翻制的，只是在水泥表面喷一层白细砂子，远看和北京汉白玉一样。铺地大方砖也

1　指我国建筑特有的一种结构。在立柱和横梁交接处，从枋上加的一层层探出成弓形的承重结构叫拱；拱与拱之间垫的方形木块叫斗，合称斗拱。

2　指在带有屋檐的建筑中，屋檐伸出梁架之外的部分。

* 在横店影视城明清宫苑前留影（摄影：鲍德熹）。

不是真砖，是用水泥仿制的，大青砖哪能用得起？！但琉璃瓦、琉璃砖、正吻[1]、垂兽、走兽、仙人[2]都是特意烧制的。

因为横店给的面积有限，我们的设计不能按北京故宫的实际尺寸去做，也没必要。单体建筑尺寸1:1不变，

1　是指明清时期建筑屋顶的正脊两端的、上面有吻座的装饰构件。

2　垂兽、走兽、仙人是指中国古代汉族建筑屋顶上所安放的兽件，起装饰或压住瓦片等作用。

但院子大小、房子多少可以改变。比如故宫中轴线上的建筑我们做了大量取舍。天安门广场南端舍弃了箭楼和前门楼，而是从"大明门"（清代叫大清门，民国时叫中华门）开始的，广场东西千步廊大幅度缩短，长安左门和长安右门照建。天安门和金水河、金水桥和华表、石狮都建，因天安门和端门样式相似，我们把天安门背面当成端门。这样端门去掉了，进入了天安门就等于进了端门。东西排房和阙左门、阙右门照建，下面就是午门，午门里玉带河和玉带桥照建，下面是太和门，进太和门是太和殿，设计中去掉中和殿和保和殿，把太和殿的背面当成保和殿。下了保和殿台阶，经过一个院子，是乾清宫门，进了宫门是乾清宫，如样全建，过了乾清宫就是御花园（只做了部分景）和神武门，也照样建了，只是景山上的万春亭建在御花园西侧的一个预留的小山包上，亭子里正好做水塔。

根据多年拍摄电影、电视剧的经验，故宫西路我们只做了养心殿、长春宫和储秀宫，故宫的东路只做了畅音阁，东华门、西华门照建，四个角楼只做了三个。在整个故宫东墙外建了老北京一条街，有各种店铺和院落可拍街景，街的南端建了一座永定门。

说到这里，大家一定要问，故宫这么多数据尺寸，你们是怎么得到的？方法很简单。一是到著名古建专家梁思成先生的著作中去找，很多古代建筑都有详细的测绘图和资料，另外中国古建是有一定法式和规矩，可举一反三。

二是到故宫实地拍照片，现场目测、估计，用小本子记下来。我们干习惯了，就像菜市场卖肉的一刀下去差不多。另外那么大的建筑体量就是差几厘米也没关系。还有你可以在现场偷偷用尺子量一块地砖的尺寸，千万不要让保安看见。知道了一块砖的尺寸，你就可以数多少块砖，求出总长——比如房子的开间和进深。房子的柱高，你可让你的助手站在柱子旁边拍一张照片，拍摄点离柱子越远越好，这样拍出的柱子没有透视，不变形。助手身高是个常数，再用这个常数去量柱高，柱高不就有了嘛。按古建法则，柱径是柱高的十分之一到十一分之一，柱径不就又有了嘛。我记得我在画天安门前的华表时，就是让我的助手站在华表旁，用长镜头拍一张照片。助手的身高、肩宽我是知道的，一张照片，华表的所有尺寸我都拿到，可以画图了。你要在天安门广场用尺子测华表的尺寸，武警战士一定会制止你。

金水桥汉白玉栏杆的尺寸，你可以用自己身体的尺寸去测，比如望柱高到你的胸前某个扣子，扶手高到你腰部什么地方，回到办公室用尺子一量就知道了。也可以让你的助手站在汉白玉栏杆前拍一些照片，回去测尺寸。金水桥的宽和长你可数桥面大条石的数量，因为桥面大条石的尺寸你可以当场目测出。

所以，做一个好的电影美术师，身上必须有照相机、速写本、尺子和笔，随时都要拍、画、量、记，这是电影美术师的基本功。好了好了，我知道了，你们现在有手机啦，多么幸福啊。

三十二

『司机师傅，您醒醒！』

罗马不是一天建成的，庞大的横店影视城也是一样。"明清宫苑"最重要的总平面图是在横店医院的病房确定的。在这之前，横店影视城的总设计师张先春因工作疲劳过度，在回横店的路上，坐在副驾驶的位置睡着了，司机竟然也睡着了。高速行驶的汽车撞到路旁渡槽的石柱上，两人都受了重伤。那时在横店拍摄的摄制组里我熟人很多，另外我也在"明清宫苑"项目组，消息传开后说杨占家也在车上，也受伤了，大家都为我捏把汗。

　　为了不影响工期，张先春让我和助手李平带着"明清宫苑"的总平面图从北京赶到横店，在横店医院的病床旁，请影视城的大领导审查批准。只见白花花的病房里，我们的总设计师张先春，满头满脸都是白绷带，有气无力地拿着一根竹竿，在床板那么大的图纸上指指点点。这一幕太"共产党员"了，毕生难忘。我和李平轻声附和着总设计师讲解，心想领导们就是铁石心肠也得批准，果然，总平面图在病房里批准了，"明清宫苑"立刻动工。

车祸猛于虎，经常出外景的同行们千万记住这句话。

八十年代末拍摄电影《红楼梦》的时候，八月盛夏，我为戏中薛姨妈进京走的乡间大道去沧州选外景，在回京路过保定时，在路边饭店吃午饭。为了解暑，除了从不沾酒的我，导演、摄影师和司机都喝了啤酒。

面包车开出保定，正是下午两点多，人最困的时候，导演和摄影师稳稳地睡了，司机的眼皮也粘上了。我特意从汽车的反光镜里观察司机师傅的眼睛，总看他的眼睛似睁非睁，有时甚至还闭着眼睛开。我意识到司机酒后犯困，太危险了，必须马上把车停下来，我立刻喊："司机师傅，您醒醒！"

我强迫他把车开到路边大树下休息一下，司机师傅含糊答应。只见他把汽车往路边一靠，趴在方向盘上就打起呼噜了，与其说睡着了，不如说昏过去了，睡得死死的！导演和摄影师不知道已经停车，美美地睡着。事后想起来，如果我也喝了酒，我也睡着了，在车流不断的进京大道上，会发生什么呢？不敢想。

　　我生性胆小，特别看重行车安全。在摄制组里每逢
用车，我总习惯首先告知司机师傅："我今天没有急事，
你慢慢开，不要赶时间，安全第一。"

　　1995年我们到青岛为重拍电影《夜半歌声》选外
景，住在八大关宾馆，宾馆为我们安排的司机师傅特别
认真负责，从不迟到。有一天晚上我要去青岛机场接香
港美术指导马磐超，因为制片部门忙，没有随行，只有
我一人和司机前往。

　　这位从不迟到的司机师傅突然迟到很久，原因是他
的一个朋友临时用车。我意识到这个师傅一定会把耽误
的时间抢回来，就特别叮嘱司机师傅，不要抢时间，最
多让客人在机场多等一会，没关系。话音刚落，车就在
一个十字路口和一辆自行车相撞了。被撞的是一位用自
行车运鱼的小贩，超载的自行车晃晃悠悠，过马路时刹
不住车，我们的司机一心赶路，也没刹住，就剐上了。
自行车的前轮拧成半圆，后座的水箱翻倒，满地都是活
鱼，小贩躺在水里一个劲哼哼不肯起来。自行车撞到我
们汽车的侧面，擦掉一大块漆，责任分不清，好在人没
有受伤。路边的群众马上围上来，七嘴八舌地支招。

　　我没有处理这种事的经验，一边的群众说："你们撞

了人，得赶快通知警察处理！"一边的群众说："是自行车撞了你们，给这位运鱼师傅点钱作为损失补偿，快走吧！否则警察来了，你们就走不了啦！"这个意见公道，我马上问那运鱼师傅："您的自行车撞坏了，我们赔你一辆自行车好吗？"那师傅不知一辆新自行车得要多少钱，迟迟不答。以前我有个习惯，外出有制片，从来不带钱，也巧了，我摸摸我口袋竟然有二百块钱，马上掏给那师傅，那师傅从水坑里爬起来。九十年代二百块钱可以买一辆非常好的自行车……

围观群众一看我出手大方不赖账，马上提醒我们趁着警察没来快走，否则就麻烦啦。等我们车到了机场，正巧我们接的那班飞机晚点，什么都没有耽误。这件事告诉我们，今后出行就是有制片，也得要带钱，以备万一。回到宾馆，我把这事情的经过告诉了制片主任李振铎，制片主任还夸奖我做得好。最懊恼的是我们一向看好的司机师傅，一时着急出了麻烦，他说宾馆规定，一年内只要出一次剐蹭，年终奖两千元就没有了。我说奖金没了小事，没伤到人，就是万幸。

搞电影美术，因为工作需要，经常出外景，经常跟司机师傅打交道。绝大多数的司机师傅都是认真负责注重安全的，但也有个别师傅的心情像天气一样没法预测，有时候半路撂挑子，有时候故意迟到早退。这些都不算事，最让人发怵的是，司机师傅大多爱打牌，又不定时地喝两杯，该睡不睡，上车就打哈欠。

我把每一次出行都看成是选外景，在车上从不睡觉，一直通过车窗注意着外景的变化，有时还把特别的景致记在本子上，为以后的影片选外景做资料。

我接触的香港电影工作者们大多把选外景的汽车当成"宾馆"，上车就合眼小睡。1993年我参加电影《东邪西毒》摄制组工作，导演王家卫，态度之认真，在影视圈里是出名的。选外景除了看照片之外，不管多忙，他还要亲自实地去看我选的每一个景。因为导演白天拍戏，只有晚上才能带着主创跟着美术师去定外景。

有一次是看包头的一个景，制片通知夜里12点出发，制片主任怕司机半夜开车打瞌睡，就让司机提前睡觉。每天打牌的司机哪里去睡，说自己路熟闭着眼也能开。等午夜出发时，主任还是不放心，又派一个司机跟着，要知道车上坐的是全组主创人员，导演王家卫、摄影杜可风、美术指导张叔平，都是大师。他们一上车就睡了，我一上车精神反倒来了，看看黑乎乎的窗外，一点困劲也没有。

等开到半路，汽车突然剧烈颠簸了几下停下来，是不是路上有坑？我悄悄问了一下司机："司机师傅，怎么

295

了？"这位师傅并不掩饰，说自己睡着了，把车开到马路牙子上了，轮胎爆了，得换轮胎。我估计另一位司机师傅也睡着了。这时导演们才醒了，下车看着司机忙活，莫名其妙。汽车出事的地方正是一块平地，我们的车刚刚翻过一串盘山路，路窄弯多，路侧是深深的山涧，万幸在平路上出事，打瞌睡的司机师傅饶我们一命，否则车毁人伤，电影就拍不成了。

常出外景的同行们，在车上别光顾着看手机或者打瞌睡，留心点司机的情况，也许司机师傅比你先睡着了……

三十三

挥金如土

八十年代末，北京大学东门外，有一条小街，南北走向，不知什么原因，马路两旁聚集了几十个旧书摊。摊主多是进城打工的农民工的家属，以妇女为主，有些还带着孩子，多数摊主看起来没什么文化，不知书的价值，大概是跟着家属来北京，耗一天挣点零用钱。

所以这边的书都是随便要价，有的高得没有道理，有的低得好笑。她们大概商量好了，把厚的、重的、新的、彩照多的定高价，薄的、文字多的自然就定低价。

书的来源呢，据行家说都是来自北京各大废品收购站，上货是论斤称的——可不是厚的重的要价高嘛。当时我正在北影厂里拍摄电影《红楼梦》的棚内戏，上下班时间有规律，中午有午休，我正好利用午休时间去旧书摊。为买旧书有点魔怔了，几乎隔一天去一次，总怕有好书露面，没我的份儿。

我是这条街买旧书的常客，摊主们都认识我，很欢迎我，我一下自行车，妇女们都冲我笑。一来我的衣着比较朴素，不给她们压力；二来我从不还价，要多少给多少，只要我想要的书，要多少钱都觉得值得，除了个别书价要得离谱，我也是客气地还个价，决不勉强。

把自行车停在树底下，一般先掌握总体情况，走马观花，我从头到尾迅速浏览一遍，有想要的书，记住摊位，第二圈就要弯腰一一细看了。我怕这期间好书被别人买走，注意观察过几次，买主大多数是搞收藏的，文物、古籍、摄影买得多，搞电影美术的人很少，我没有敌手，放心了。

我最喜欢也最需要的书是中国古代建筑资料，各地区的民居、民俗，这对于一个电影美术师是特别重要的。我国拍电影都有一定的历史性和区域性，比如我参加拍摄的电影《海霞》取景福建，《哑姑》取景浙江，《骑士的荣誉》取景内蒙古等。而对每一部电影，作为美术师都应该有相应的民居、民俗资料，手中攥着这些资料，设计起来就得心应手，比去图书馆、资料室查资料方便多了。

这就是我不辞辛苦，常跑旧书摊的动力。

我几乎每次都不空手回，装了满满一帆布兜子书绑在自行车后架上，这布兜子简直是我老伴最讨厌的东西了。书是从废品收购站按斤上来的，本来就脏，再加上书摊摆在马路上，好一点的下边放个塑料布，更多的是随意堆在地上，北京的风沙大，吹开书页满书沙子。回到办公室打开旧书，要用小刷子一页一页地清扫，脏污的地方还要用微湿的毛巾轻轻擦拭，破页处要用胶水粘好，有潮气的放在室内通风处，不能被太阳直晒，全部整理干净，放在书架上待用……回想起我满书架的书，有上千本，一多半是从旧书摊寻摸来的。

这个旧书摊，经常给我特大惊喜，这里就简单说三本书吧。

第一本是我国宝岛台湾1981年出版的《林安泰古厝拆迁计划》，记录了台湾建筑师李重耀率十多位助手四年多的辛勤工作：因为修路，把一座有一百五十多年历史的古宅拆迁到另外一个地方。作者做了大量的测量和绘图工作。这个古宅的建造工人和材料都是从大陆福建漳州运过去的，是地道的闽南建筑，古宅的形式和构造，石雕、砖雕、木雕，包括室内陈设、农具，小到一个饭瓢都做了详细的摄影、测量，绘出图纸，足有七十多项，并逐一编号。如果我今后再遇到福建题材的电影，那是多么翔实和权威的设计资料啊！

再有一本是1984年版《浙江民居》，中国建筑工业出版社出版，书中有丰富的浙江民居的设计图，包括室内陈设，图画精美，内容详尽。绘图者是我在中央工艺美术学院读书时高我一届的师兄姚发奎，我读书的那几年姚师兄一直是学生会主席。这本书是拍摄浙江区域电影最好的设计参考资料，等我在厂里资料室看到时，已经绝版，到处买不到了。这部著作是我国第一部完整展示民居建筑样式的书，我多么渴望拥有。

后来全国各省都有这类书籍出版，如《山西民居》《四川民居》《广西民居》《陕西民居》《吉林民居》《新疆民居》《北京四合院》……由于工作需要，我都买齐了，唯独《浙江民居》踪影难觅。

我就把希望寄托在旧书摊上，奇迹终于来了。我清楚地记得，有一天，我在路东第二个书摊一眼就发现了，踏破铁鞋无觅处！我生怕别人拿走，马上俯身拿起，心想老板要多少钱，我都买。关键时刻我总是管不住自己的表情，没想到运气太好，竟然很便宜的价钱就买下了。原来摊主只顾看孩子，没有看到我急切的表情。

书买多了，我也总结了一些经验：当你在书摊上发现你想买的书，千万不要把急切的心情表现出来，你先把书慢慢拿上手，动作要慢，你得像闲得没事伸个懒腰似的拿，再慢慢翻几页，叹口气——暗示品相不理想——别让摊主知道你相中了，也防着别人上手，再慢慢和老板谈价。有时候摊主被你这慢性子弄烦了，就会给个实在价，买主表现出可买可不买的无所谓的样子，老板就"求你买下吧"，甚至还主动减价。

有一本书是某年度的全国水彩画集，又厚实又漂亮。我喜欢水彩画，你看我画的彩色气氛图都是用水彩画的，我特别想买，只是老板娘开的价太高了，我有些犹豫，没有买。等我下决心再去买时，已被别人买走了，至今想起还很后悔！

第三本简直是个奇迹。五十年代初我在河北杨村师范学校读初中时，帮助图画老师康授璋先生画了几幅日光显微放映镜插图。康老师的《日光显微放映镜的制作》一文，发表在1955年第五期《物理通报》第314—316页。这是我平生第一次创作，那么幼稚那么专注，当时没有保存，一生遗憾。万万没有想到，三十年后，我竟在一个旧书摊发现了，这多像做梦一样！

那些慢吞吞的戏我也不演了，嗓音有点抖，把书高高举到老板娘面前问价，心想老板娘你开价吧！多少钱我都要，老板娘哪知道我的心啊！她一看是一本三十年前旧刊物，又薄又旧，一下大发善心想白送给我！后来我还是花很少钱买下了。

这个经常给我惊喜的旧书摊存在多年后，大概1993年吧，因为影响城市景观被取缔了，搬到北京北郊的清河镇了。因为路远，我去得就少了。八十年代末，我每月工资就那么七八十块钱，一个人去北大东门买旧书，利用午休时间跟各种口音的老板娘搭讪，我感到十分休闲，充分满足了我的"购买欲"。我这一辈子不抽烟不喝酒不逛商场，连茶也不喝的，在隔日一去的大太阳下，把有限的零用钱全花光了，挥金如土！真痛快！

三十四

四买西瓜

1991年，我跟着电影《狂》摄制组在四川合江县拍外景。四川的夏天实在太热了，那种热是苦热，难受得形容不出，四川味的饭食也不习惯，从里到外像抱着一个火盆似的。有一天，我的助手陈浩忠建议买个西瓜吃，解解暑。

　　说起买西瓜，我感觉陈浩忠这小伙子涉世太浅，我是一朝被蛇咬十年怕井绳，我先跟陈浩忠讲了自己的故事：

　　六十年代我还在北京上大学呢，暑假回家，路过县城，我想给爸爸妈妈买个又大又甜的西瓜，爸妈准高兴。我蹲在瓜摊前，嘱咐卖西瓜的师傅，几乎是恳求了，我说我家离县城还有十来里路，买一次西瓜不容易，您千万给挑个好的，谢谢您了……卖瓜的满口答应，我把那个十几斤重的大西瓜抱到家，纵然是二十出头的小伙子，我也是筋疲力尽，汗水湿透衣服。

满心欢喜的爸妈打开一看，瓜瓤都是白的，不像西瓜，倒像冬瓜。我也呆了，卖西瓜那人是多狠毒，他准知道这是生的。爸妈节俭惯了，"冬瓜"没有扔进垃圾筐，为了接受儿子的一片孝心，说正好来个虾米炒冬瓜吧！

事实告诉我这个书呆子，社会总有坏人、奸商，你不能太相信他们。你诚实对待他，他不一定能诚实对待你。他正是抓住你的诚实，坑害你，他知道你决不会再跑十来里路来换西瓜！如果我当时不诚实，撒个谎，说我家就住在对面的房子，离这儿很近，生了就来换！他就不敢给我挑个又大又生的西瓜了！

把这个陈年旧事一讲，陈浩忠就吓坏了，我们一致决定自己挑西瓜，好瓜坏瓜我们认命也不能被人坑！

没有买西瓜的经验，我们就按民间谚语"歪瓜裂枣准好吃！"的法子，在瓜摊上挑了一个像葫芦样的。抱到饭店一打开，瓜瓤都是白的，甚至瓜籽还没变黑，一口不能吃，只好扔到垃圾桶，"民间谚语"买瓜法失败了。

吃一堑长一智，第二次去瓜摊，反其道而行之，我们专门挑那又大又圆的，花纹漂亮，颜色绿油油，可是一刀下去，还是生的，还是不能吃。师徒俩很泄气，晚上躺在床上不想说话，满脑子都是西瓜怎么甜，西瓜怎么凉，越吃不到，越想吃。

第三次去瓜摊是下午，事实告诉我们，还是请卖瓜师傅给挑吧！这次一定是好的，也应该是好的了。我俩高兴地把寄托着全部希望的西瓜放在房间的浴盆里，打开水龙头，用一小股凉水冲着西瓜，准备晚上凉凉地吃，师徒俩一人半个吃个痛快！

这饭店的档次比较低，白天只有凉水，到晚上六点钟才供应热水！干起活来我们早忘记了浴盆内还有西瓜的事，等我们拍摄完毕一身大汗回到饭店，房间里白茫茫一片，浴盆里呼呼冒着热气，西瓜已经烫手了，打开一看，这回西瓜真是熟了，而且熟透了，瓜瓤都成汤了，还是没吃成！

三次买西瓜都失败了，一口没吃上，我跟陈浩忠说："徒儿，咱别买西瓜了，咱没那个命啊！"

三十五

三友和三个室友

城市建设需要农民工，电影摄制组也需要"农民工"——场工。拍电影时，最危险、最脏、最累的活都是场工来干，可能因为我是从农村进北京的穷孩子，看到场工就很亲近。我们北影厂有个场工组，组长姓崔，大家都叫他三友。三友做事特别踏实，脑筋好使，人又厚道，有求必应，摄制组都喜欢他，有急事都愿意请他帮忙。

　　我和三友经常在一个组，朝夕相处，无话不谈，每次在同一个摄制组出外景时，我只要在我的行李上写上名字，交给他，就什么都不用管了。等晚上进屋睡觉时，不管有几件行李，他都给你整齐地放到房间里，没一次出错！这样让别人省事让自己操心的事，即使不关三友的事，他也愿意去干，从不推诿。

不在电影拍摄现场，可能想象不到，摄制组每天工作都跟打仗一样，内景抢时间外景抢天气，每个环节都扣得死死的。为了布置一个镜头，经常要移动很多设备和道具，场工组就像战场上的突击队，一声令下，一呼百应，协同作战，迅速拿下，保证按时拍摄。现场的卫生和安全也要他们去做，总之摄制组各部门不愿意干的事，都让场工组干，组长三友就是"不管部部长"。

比如在外景的实景拍摄，场工组要先到，把整个现场打扫一遍，把导演的工作帐篷搭好，摆好桌椅，甚至导演的茶水都给泡好，摄影组、灯光组一到马上去搬运摄影器材、升降机、移动道、高台、照明灯、灯架，还有群众演员的大包服装，大型道具，等等。如果有红地毯，他们都会把红地毯铺到摄制组下车的地方。

如果在北影厂摄影棚内拍摄，场工组要先进棚，把摄影棚大门打开，排风扇打开，照明灯打开，凡是摄制组到的地方都要打扫一遍，洒上水，一直打扫到摄制组下汽车的地方。这样才能保证摄影棚干净，不起灰尘，提高摄制质量。

每天拍摄完毕，他们还要重复以上的工作，最后一个出棚。如果摄制组拍摄半年，场工就要每天重复工作半年，任劳任怨。影片公映了，见不到他们的名字，真是名副其实的无名英雄。拍摄电影《卧虎藏龙》的李安导演，并没有忘记他们，当李安导演抱着美国奥斯卡奖的小金人，千里迢迢回到北京开《卧虎藏龙》庆功会时，导演特别嘱咐制片主任刘二东千万、千万别忘记通知全体场工出席，还欢迎他们带上家属……还有呐，李安导演在香港花重金打制的"卧虎藏龙"小金牌，全组工作人员人手一枚留作纪念，场工也不例外，让场工兄弟们着实感动。

北影厂以三友为组长的场工组因为工作表现好，在影视界很有名气，好多合拍的摄制组都点名要他们。大家都听说过御用演员，没听说过御用场工吧？谢铁骊导演拍电影时一定要三友在。

三友做事特别机灵，遇到麻烦总有自己的一套办法。一次北影厂《天网》摄制组去山西太原拍外景，摄制组车队要走石家庄到太原的太石公路。当时没有高速路，当车出河北省进山西省时，因运煤的大货车太多，一堵就是几个小时。当时导演谢铁骊在车上非常着急，突然想起三友，让他想想办法。三友马上带上几个徒弟跑到堵车点疏导汽车，十几里地的路堵得死死的，我们车还是纹丝不动。还是三友脑子聪明，他马上回到车里跟谢铁骊导演嘀咕，要"特别证件"——导演是全国人大常委！虽然导演为人低调，从不使用这个权力，但这场堵车让摄制组陷入困境，三友连哄带劝，谢铁骊导演

311

只得拿出证件。当三友把证件给当地疏导车流的警察一亮，警察马上给摄制组开出一条通道来，我们顺利通过堵车区，准时到达太原外景驻地。

三友身体一直不好，他年纪见长，不适合奔波了，厂领导照顾他，调他到厂传达室工作。他的"三友"场工组交给他的徒弟"教授"负责，因为名声在外，仍然是影视界特别是合拍组争抢的场工组。三友在传达室工作认真负责，有一次不知什么原因和来访的客人发生口角，被客人一拳打中，人当时就不行了，听说当时他刚刚做完心脏搭桥手术。太可惜了！这个敬业的好人！

我在农村长大，对场工、农民工有深厚的感情，我喜欢他们，同情他们。回想1958年，如果不是国家的教育政策向农村倾斜，没有被中央工艺美术学院录取，我可能也是一名在北京打拼的农民工。有一天我在街上走，遇到一位刚下公交车，背着行李卷的年轻人，表情都快哭了，一看就遇到麻烦了，和我1958年第一次到北京一样，下了汽车不知往哪里走。我就上前问他，要帮忙吗？他说接他的人没来，想找公共电话亭去打电话……我说："我有手机，把电话号码给我，我马上给你的朋友打电话，不要着急，马上就通……"我唠唠叨叨的，感觉比他还急，通过手机这位年轻人和他的朋友联系上了，我也放心了。

2002年，香港美术师黄家能担任电影《天下无双》的美术指导，在上海松江胜强影视基地打电话要我立即进组。当时从北京去胜强影视基地，交通不方便，等我到达摄制组时天已黑了。因为工作紧急，我一进门就开始工作，到了夜里十二点，制片才想起给我安排住宿。但时间太晚了，胜强基地的宾馆没有空房，负责剧务的小伙子就把我带到影视基地的临时招待所。招待所是景区的一个场景改建的，建筑外形是两层小楼，内部住宿条件简陋，一层十来个房间，只有一个公厕和淋浴间，喷头只有两个，要洗澡大家轮流用，厕所排着长队。给我安排的房间当然很小，也不是我一个人住，房间里有四张床，三张摊着被褥和个人用品。我是后来的，当然住在最靠门的床位，进门就上床，没有活动空间，只好睡了。

同屋的三个室友洗漱回来，我这才知道这个招待所是专门给场工住的。室友看到我很惊讶，很关心我的情况，给我倒开水，问我这把年纪还出来做场工，是不是孩子不孝顺。说到这里，你会批评杨老师的衣服还是寒酸，其实场工虽然劳累，收入倒不低，从穿着打扮上我们是看不出区别的。

平心而论，对这四人间我并不生气，也不觉得委屈，正好和场工们谈谈他们农村老家的事儿，有很多共同语言，跟他们住在一块，我还真自在。只是三个人都吸烟，让我不太舒服，开着窗子还可以忍受，四个"农村人"聊了很久，才睡了。第二天，制片主任知道了，把剧务小伙子叫来，狠狠地骂了他一顿："你怎么把美术大师安排到场工住的地方！"我知道小伙子也委屈，那么晚了，怎么再调整房间呢？后来，我被安排在胜强的酒店里和上海电影制片厂的录音师住一个房间，这里条件好多了，可达到三星级，但我和上影录音师的话就少多了。

1959年，我忘不了这一年。我刚到北京读书，心还在农村老家，我还惦记着爸妈种的地。当时还没有电视新闻，每天听的是中央人民广播电台的广播新闻，有空我就听，特别爱听农村老家的新闻。我到北京的第二年春天，京津地区遭受大旱，冬天没下雪，春天也未见一点雨，春雨贵如油！春雨贵如命！我每天都盼着老天爷下雨，听说家乡的麦苗旱得几乎没救了。

在清明节前几天，阴云密布，下了一天小雨，小雨也好啊！半死的麦苗得了救了，夏天有麦子收了，我打心里高兴，站在雨里高兴，真不亚于农民的高兴！可是校园里的几个女生正在雨中大骂老天爷，说该死的雨把她们的衣服淋湿了，把她们的白球鞋弄脏了！我听了恨不得找她们去吵架。她们哪知道我们农民多么喜欢这场雨，多么感谢老天爷啊！

1959年的一场小雨，掰着手指头一算，六十年了。毕业后，我留校当了老师，又改行搞了电影。下雨的景，我们就用消防车，下雪，我们就用化肥铺地，刮风有鼓风机，真真假假的，大概拍了四十多部电影。同行、徒弟们把我这个毕生钻研手绘的人当成稀罕的"熊猫国宝"，说实话，我的心还是一个农民——会画画的农民。如今，你看到的这些呢，就是我种的"庄稼"……

三十六　手绘制图最后一人？

六十岁那年，我从北影厂美术工作室光荣退休了。陪伴我多年选景的红旗牌相机成了真正的古董，早已还回设备科，打开抽屉，一盒一盒的中华铅笔、斑马牌橡皮、日本樱花牌墨水笔都没开封，我装进帆布兜子里，带回家。

退休之后，整个影视行业越来越红火，我更忙了。多年合作的老朋友，霍廷霄、黄家能、马光荣、叶锦添，不断干着大型影视项目。他们常常一接戏，就给我打电话，像出海打鱼的人，遇到鱼汛呼唤同伴儿："杨老师，快来吧！"这时候，电脑制图已经兴起了，越来越多的美术组里摆着白花花的台式电脑，但我还是手绘。有电脑后我并没被淘汰，反而更时髦了，也可以说更抢手了。

大约2000年开始，我完全退居到幕后工作，只要是中国古建、中国民居，美术指导给一张草图，或者打个电话聊几句，我就理解了"上级"的意思，伸手就把气氛图画出来，然后再落地出制作图。

在摄制组，自己画，带着徒弟画，甚至摄制组专门给我配备了精通电脑的年轻助手。我也与时俱进，我来画，助手拼，工作效率特别高。图拼好了，我拿着一个音乐指挥用的指挥棒在屏幕前指指点点，纠正细节，不用亲自上手调整。这样的制作图，既有美术质感，效果准确，效率更高，要知道摄制组每天都在烧钱，美术组是最烧钱的部门，时间就是金钱嘛……

从创作型、全面型的美术师，转到场景设计的具体执行工作，专心做一件事。说到这儿，你也许会说："杨老师你降级了，成绘图员了，电影字幕里都不出现你的名字了，出现也是美术名单的最后一排了，遗不遗憾？失不失落？"

账可不是这么算的！如果有机会、有时间把一件最爱的事做精了，人家还给你钱，给你租宾馆，管你三餐，把你当成国宝，哄着，照顾着，制片主任还察言观色怕你跑掉，我反问你，开不开心？值不值得？

这里，我就好好说说我多年做美术师和"绘图员"的心得体会。

一部电影的拍摄，美术师首先要进入创作状态，先熟读剧本，列出场景表，分出内外景，外景要到故事发生地去选。外景地确定后，美术师要马上绘出外景的环境图，同时还要根据外景与内景的关联，绘出棚内景设计图，这两份图要交给导演，供导、摄、美分镜头用，这叫作"供分镜头用平面图"。同时还要把主要外景与内景画出气氛图，导演一般不太关注平面图，因此美术师绘制气氛图就要求快而准。千万不能糊弄导演，否则会给你美术师带来麻烦：你把景搭好了，导演说你搭的景不像你气氛图画的，得修改！

"绘图员"不但要手好，还要脑子好，工作中有无数的细节需要创作。我又回到最单纯最直接的手绘工作，全身心地享受，一直干到七十九岁。如果不是身体不帮忙了，我是一定要干下去的，为他人作嫁衣，托后辈一把是我的荣幸。用笔，用颜料，和白纸打交道，这真是一辈子的享受。尤其在退休以后，我有大量的时间沉浸在手绘气氛图和制作图里，我对这个专业的爱，更深了。

2007年，我在合拍电影《功夫之王》摄制组，听说这是著名演员成龙与李连杰第一次合作，投资很大。导演和美术指导都是美国人，工作带着翻译。美国美术指导见我是手画气氛图和制作图，其他年轻人都是用电脑

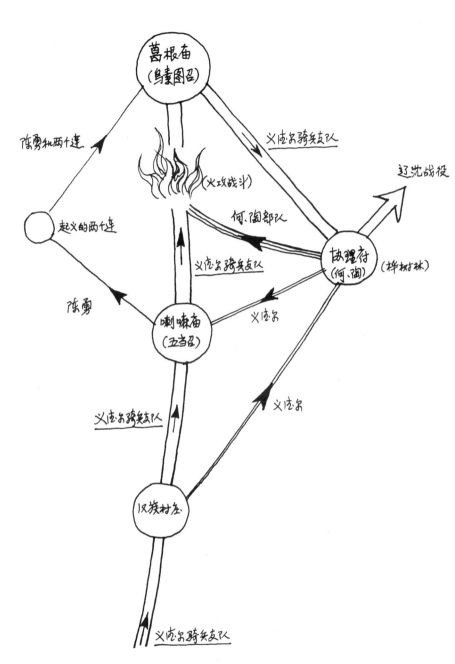

葛根庙
(乌素图召)

陈勇和两个连

义应尔骑兵支队

(火攻战斗)

起义的两个连

何、陶部队

辽沈战役

陈勇

义应尔骑兵支队

协理府
(何、陶)

(桦树林)

喇嘛庙
(五当召)

义应尔

义应尔骑兵支队

义应尔

汉族村庄

义应尔骑兵支队

《骑士的觉醒》总环境图

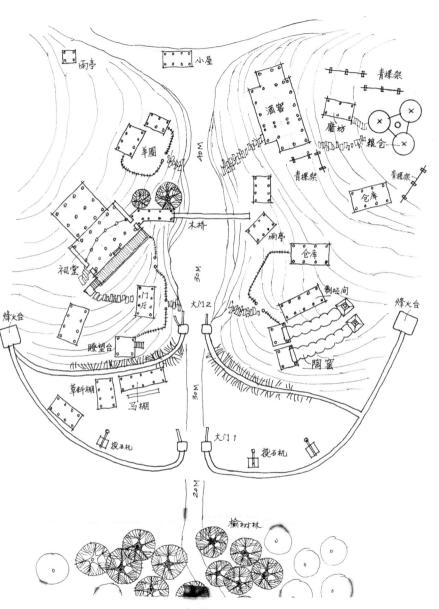

雨亭　　　　　小屋　　　　　　　　　　　　青稞架

　　　　　　　　　　　　　　　　酒窖

羊圈　　　　　　　　　　　　　　　　磨坊　　　　粮仓

　　　　　　　　　　　　　　　　　　　　　青稞架

　　　　　　　　　　　　　　　　　　青稞架

　　　　　　　　　　　　　　　　　　　　　仓库

　　　　　木桥

　　　　　　　　　　　　雨亭

　　　　　　　　　　　　　　　　仓库

祠堂

　　　　　　　　门厅　　　　　　　剁坯间

烽火台　　　瞭望台　大门2　　　　　　陶窑　　　烽火台

草料棚

马棚　　　　　　　大门1

投石机　　　　　　　　投石机

榆树林

（2004.8.10）　《七剑下天山》　武莊平面图　比例1:400

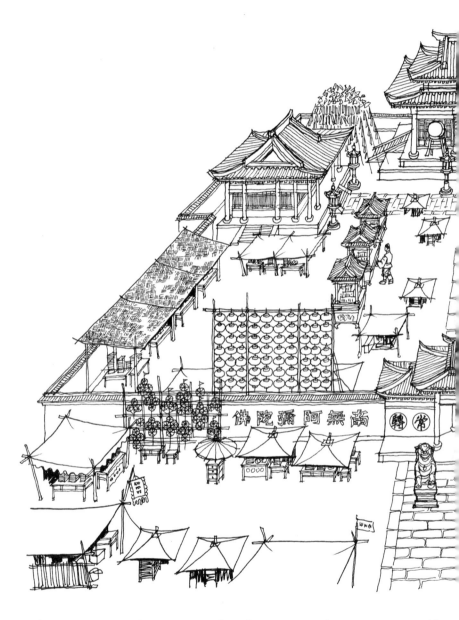

摊位内容：香蜡、鞭炮、风车、窗花剪纸、春联、祿卦、灯籠、馄饨、饺子、小吃等

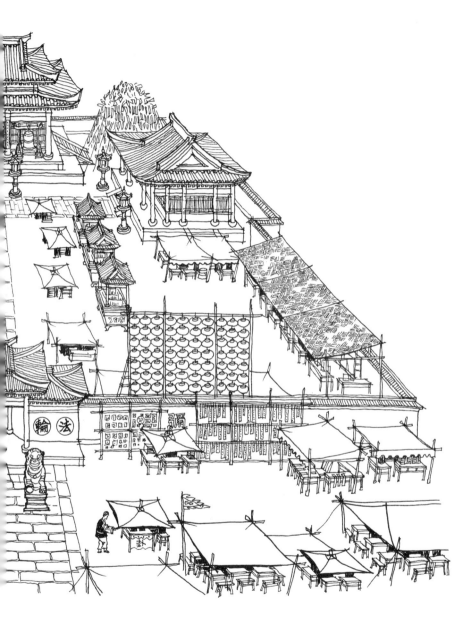

《M3》庙会气氛图 （2007.9.1）

《M3》招牌街陈置气氛图　(2007.9.11)

《M3》酱园街陈置气氛图　（2007.9.10）

画，他特别高兴，把我当成美术组里的熊猫。他说："拜托你千万别学电脑，电脑画的我不喜欢。"临分别，还特意向我要一张手绘气氛图，说不要复印的，一定要原稿好留作纪念。

接着，在《木乃伊3》摄制组时，另一位美国美术指导和我说了同样的话，要我坚持手绘，千万别学电脑。这不是戳我伤心事嘛，我一边高兴一边也挺气恼，饱汉子不知饿汉子饥，我请翻译跟他说："请放心，我学不会电脑！"

我不是听美国美术师劝诫的不学电脑的老顽固，我也想学，只是因为年龄大了，脑子和手都不灵活了。我用功能最简单的华为牌手机，给朋友打电话，就那十个数字，还经常拨错，拨几次才能拨通，更何况电脑上那么多键，那么多数码，那么多英文，我就更不会用了！今生只能做"手绘制图最后一人"啦！

坚持手绘是一条枯燥的路子，要是手绘能结合电脑，就更好了，就飞上天了。"别用电脑"是洋美术师对电影美术设计图艺术性的过度偏爱，因此容易产生偏见。在当今社会飞速发展的时代，效率是第一的，可以说，艺术已退居第二位。

在多年的观察中我发现，电脑绘图有很多优点，是

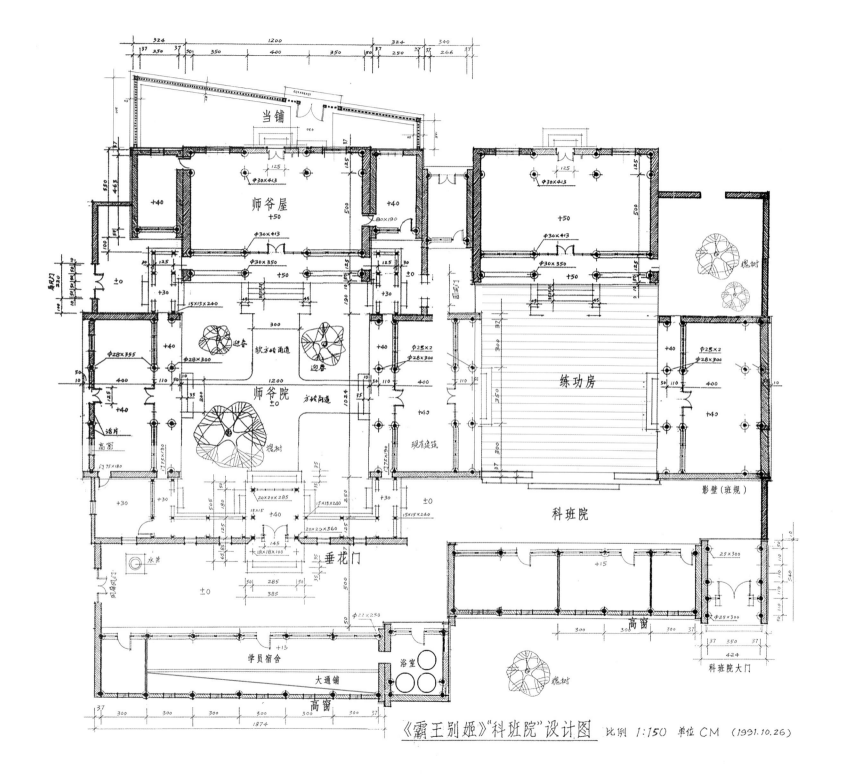

当铺

师爷屋
+40
+50

+40
+50

φ30×413

φ30×413

φ30×350
+50

φ30×350
+50

+40

迎春

软方砖甬通

迎春

φ28×355

+40

φ28×300

师爷院
±0

+40

活片
高窗

方砖阁通

+40

+40

φ25×2
φ28×300

练功房

+40

φ25×2
φ28×300

+40

现有建筑

影壁(班规)

科班院

±0

垂花门

+30

+30

+40

±0

水井

±0

+15

25×300

学员宿舍

+15

浴室

高窗

大通铺

高窗

科班院大门

《霸王别姬》"科班院"设计图 比例 1:150 单位 CM (1991.10.26)

手绘无法比拟的。先说导演必看的气氛图，手绘比电脑要慢得多，手绘先要把你掌握的资料和照片变成你的画稿，进一步着色，尽可能追求光影真实，让导演身临其境一目了然。这么一来至少得画一整天时间，然而用电脑绘制气氛图，只用电脑储存的资料和照片，稍微进行一下调整和改造，再加上光效，一举到位。照片和资料都是真实的，一张非常逼真的场景气氛图很快就出来了。

在电影《十面埋伏》摄制组时，当时刚刚开始使用电脑，我还不熟悉。突然屏幕里有一张非常漂亮的彩色气氛图把我惊呆了，怎么看都觉得是我亲手画的，画稿风格构图，用笔方法，连图名字体，尺寸数字，都是我写的，我怎么不知道？我要怀疑我的记忆力了。

事后"揭秘"，是美术组一位小伙子把我画的场景制作图的素材，经过加工、上色、光影处理拼凑而成的，比我手绘气氛图更快更好。我一下就对电脑绘图产生了强烈的好感。

我在电影美术设计中有个习惯，经常把特别复杂的场景用航模木、纸片做成模型，便于导演观看。这要花好多时间，然而电脑建模就快多了，也能把复杂的场景立体化。有的建模还能让导演进到场景中去看，非常逼真，这对导演和摄影的分镜头工作来说很直观，至于用电脑画场景制作图优点就更多了。

特别是画古建场景，你可以把中国古建各个部件的详图先根据资料和照片画好，存在电脑中待用。如古建外檐的装饰，正吻、垂兽、走兽、仙人、瓦当、滴水、斗拱，还有柱础、栏杆、门窗、隔扇等，随手可取，一敲键盘就各就各位，不用再画了。

如果手绘就困难多了，比如正吻、斗拱、门窗、隔扇，你得同样地画好多，浪费好多时间。电脑是重复工作的高手，真像乌龟与兔子赛跑，电脑像兔子，一敲键盘就完了，手绘像乌龟，还在那一扇隔扇、一扇隔扇地画哪！另外电脑改图特别方便，在摄制组美术师改图是家常便饭，你美术师总不能钻到导演脑子里去吧！再说导演的心思也在时时变化啊。

美术师不可能和导演的想法完全一致，分歧大的时候，导演就是老大，美术师必须改图。如果改动不大，用涂改液就解决了，反之，你得重画，几天的工作就白干了。比如一个大殿本来是三间，导演说武打戏要不开，得加大到五间，你就得重画。如果是电脑画图，马上就可以改好，一敲键盘三间大殿马上变成五间大殿了。

电脑画图还可以任意变形，比如台基上的石栏杆是平的，可以变成放在台阶垂带上的倾斜栏杆。一个非常复杂的石雕、砖雕纹样经过变形可以放到任何图形中去，就不用再另做适合的纹样设计[1]了。在建筑纹样上经常遇到对称纹样，如大殿正吻，左右对称，手绘得画两个，电脑一敲键盘就翻过来了。

电脑还是等分高手，如屋顶瓦垄[2]的平分，门窗隔扇芯格条的平分，石、木栏杆的平分等，如果手绘，得用计算器算，很麻烦！键盘一敲格子就平分出来了。电脑绘图与手绘相比，还有颠覆性的优点——不用纸和笔，不用颜料，不用图板，不用丁字尺，不用三角板，不用比例尺，不用圆规，不用橡皮，不用涂改液，不用放大镜，不用计算器，不用图钉，不用复印，也不用保存图纸的图夹，更不用带很多书和资料，走到什么地方，只带个电脑就行了。我很羡慕！我很嫉妒！

这里谈了很多电脑绘图的优点，但是电脑绘图也有缺点，也有电脑无能为力的地方。比如在电影美术设计中经常遇到过去的农村住宅场景，整个房子没有一块砖和瓦，都是土墙、碎石和草顶，没有一条直线，都是歪歪扭扭的。有的是碎石砌墙，石头形形色色，没有一块是相同的，柱子也不是直的，上下不一样粗；有的还带

1　指将形态限制在一定形状空间内的一种装饰纹样，当轮廓线如圆形、多边形、心形等被去掉后，纹样整体仍能呈现该形状的轮廓。

2　指屋顶上用瓦铺成的凸凹相间的行列。

树杈和树皮。用电脑画总是僵硬死板，这时手绘就发挥出它的优势了，随手一画就是那个农村生活的场景。那你一定说，遇到农村场景我躲远点就行了，不可能。

不是想躲就能躲的，以街巷、民居、建筑构件来说，不画上一百遍，它就和你不亲近，它是它，你是你。只用电脑把图片贴来贴去，你往往会发现"使唤"不动它。手绘还有一种电脑从来没有的艺术性和生动感，即使你画得不那么精美，它也带着一股强烈的气息，天生吸引人的注意力。

对美术工作者来说，手绘是艺术基础，以手带脑，以脑带手是相辅相成的，没有大量手绘的实践，滋养不出丰富的大脑空间。没有大脑的时候，请问你的电脑怎么操作？

说到这里，我要特别告诉年轻的影视美术工作者，你们能考上北京电影学院或其他院校的影视专业，都是千里挑一的高材生，绘画基本功都很好，在工作当中千万不要把手绘丢掉，身上要常带速写本、笔和卷尺，走到哪儿画到哪儿，量到那儿。什么东西你画了都比眼看记忆深，以后在电影美术设计中都会有用的。只靠脑子、眼睛、相机记是不够的，你要去闻、去摸、去画、去记、去琢磨。

比如选外景时，一个房子的开间、进深、柱高、柱径、门窗尺寸、灶台尺寸，室内陈设、主要家具尺寸，能画的就画，能量的就量，能拍照的就拍照。设计资料掌握得越多越好，特别是第一手资料，今后在你的设计中才能做到胸有成竹，得心应手，随心所欲，信手拈来。要知道，在人才济济的影视行业安身立命，混口饭吃，绝对是不容易的。

有一年，我在电影《七剑》摄制组，导演是香港著名导演电影奇才徐克。导演的美术功底深厚，对片中的场景、服装、道具，徐克导演都有具体想法，有时直接画出来，这是其他导演不擅长的。

当时《七剑》摄制组的办公地点是个大厂房，夏天没空调，全组各部门都在一起工作，热得不行。摄制组是正常时间上班，八点必须到办公室，晚上六点下班，但天天加班熬夜。徐克导演总是下午两点半来，夜里两点半也不走。导演声望高，派头大，一身黑、深眼窝、山羊胡子，总抽个大雪茄烟，一根接一根地抽，云雾缭绕，越到夜里越像吃了仙丹一样精力十足。全组几十人都熬不过他，大家都有些怨气。

这部电影的美术指导是黄家能，老朋友对我特殊照顾，破例让我在自己房间里工作，时间自由，有空调好受一些。可是聪明的徐克导演发现，吃饭时总有个老头儿在，干活时老头儿就不见了。有一天，他让他的副导

333

演到我的房间突击检查，我就把我画好的一大本图纸拿给他。导演看了很惊讶，我竟然在很短的时间里画了厚厚的一本，有场景，有道具，画面工整、规范、好看。导演很满意，以后再也不让副导演来我房间检查了，黄家能也因此松了一口气。

组里的年轻人经常有人问我：为什么杨老师您画图那么快？就是因为我有生活，有积累，有大量的第一手资料，用时不用想，伸手就画出来，甚至尺寸我还记得呢！你如果没有随手画和量的经历，你就是趴在桌上想一上午也画不出来。就算用电脑拼出来，导演也一眼能看出你是个假把式，花花绿绿，没有灵气。你想是不是这个道理？！

一个好的电影美术师必须有丰富、扎实的生活基础和经验，手上的活儿，脑子里的素材储备，缺一不可。生活是文艺创作的取之不尽用之不竭的源泉。北京电影制片厂有个规定，凡是摄制组的主创人员接到拍片任务后，必须要到故事发生地体验生活，美术师必须去，你没有生活怎能进行设计和创作呢？所以我特别提醒新一代的美术师们，为了搞好创作，必须到生活中去，在生活中找设计素材和灵感，不要怕耽误时间，老话说得好，磨刀不误砍柴工。

现在的中国影视行业，兴旺发达得已经超乎我们老电影工作者的想象，数不清的好机会等着你。年轻人都用电脑制图，手绘制图人断档了，电脑方便也有局限。手绘制图是一件相当熬人的事，也是最有意思的事，值得狠狠干它一辈子。美术同行们常说杨占家是影视界推行规范制图第一人，可惜也是最后一人。不用为"手绘制图"的凋零遗憾，这么有意思的工作，我不相信我是最后一人……

后记一　摄制组来电

大约79岁那年，杨占家老师因身体不适半途从摄制组撤退了。那时候的老人家头脑清明，双手伶俐，奈何双腿不良于行。回家初时还常有摄制组来邀约，制片在电话里听说杨老师没有上组往往大喜，又一听"身体不好退休了"就很失望。逮到杨老师的时间不容易，可惜逮得不是时候。

几十年东奔西走选景搭景绘景，忽然居家静养，看电视，煮挂面，听小外孙女弹钢琴，老骥伏枥，壮心没有，平平淡淡对付着几年。到2018年初，后浪慧眼识宝——《杨占家电影美术设计作品集》出版，杨老师的大名再次走红。甚至在同年8月盛夏，多年没有联系的一位徐大导演的制片主任打电话来，问杨老师是否能马上进组，待遇优厚，还鼓动说这部大片谁谁、谁谁谁会来，都是老熟人……

杨老师当然推掉这个片子，心里高兴极了，立刻打电话对我显摆："你在开车吗？"杨老师给人打电话的第一句话往往是"你在开车吗？"，你说是的话，电话啪嗒就挂了，说不是他才会继续聊（高度注重交通安全，参见《司机师傅，您醒醒！》）。我说没开车，杨老师的声音就高八度地说起来，一边说一边咯咯地笑："你猜谁给我打电话了？你猜打电话叫我干什么？你猜他们打算给多少钱？你猜我怎么说的？"……绘声绘色地把和制片主任俩人的对话复述一遍。杨老师的脑子真好使，记忆力好，逻辑性强，竹筒倒豆子，不打磕巴。如果不是双腿不给力，年逾八十干劲犹在，真能有一番大作为呢。

就像您眼前的这本小书，杨老师只花三个来月的时间就写好了，部分内容口述补充。其间还画了12幅小画，杨家大院、朱家码头小学、老工艺美院的大门、马蹄表，情景如画；文稿呢，老人家不肯用正规稿纸，在家里寻摸一摞废旧A4纸，小刀裁成两半用背面，巴掌大的纸片上，丹参滴丸那般小的钢笔字清晰写就。厚厚的、毛刺刺的手稿用夹子夹好，誊写到电脑里一点不费功夫。

把杨老师的文稿整理好，交给后浪的编辑团队，杨老师就不再过问。有时候我催问流程和进度后讲给老人家听，杨老师倒说："着急干嘛，我的第一本书出版用了两年的时间，第二本书用了五年的时间，我不急你急什么？"

不着急，大概是老人家最厉害的修为了。

在专业和行业内非常厉害的杨老师，对名利淡泊，像序言陈浩忠老师讲的段子一样，专注工作，心地仁厚，对物质享受更是淡泊。想想也是，用鸡蛋换电影票的小孩，作为几十部电影的主创之一，以电影美术大师的身份退休，晚年虽因病痛宅在家里，卧室阳光充足，推窗清风明月，鸡蛋随便吃，想吃几个就吃几个，搁谁都开心都满意吧？！

最后，电商可以花钱买好评，"摄制组来电"可以买到吗？如果可以，我愿意给杨老师买一拨"邀约来电"。李安的组优先采购，有周润发的李安组嘛，报价您说了算……

李青菜

后记二

从来没想过，我这个画了一辈子图的人，

晚年会写一本书。

我的孙子杨汉森在美国学习电影专业，

即将毕业回国，

他是我家的第三代电影人，

可真赶上好时候了。

在此感谢后浪电影编辑部，专业强，细致又耐心，

后浪好，长江后浪推前浪，世上今人胜古人。

愿我们中国电影越来越好。

图书在版编目（CIP）数据

因为我有生活：电影美术师杨占家从艺录 / 杨占家
绘、口述；李青菜整理. —— 北京：北京联合出版公司，
2019.7（2023.2重印）
ISBN 978-7-5596-2990-6

Ⅰ.①因… Ⅱ.①杨… ②李… Ⅲ.①回忆录—中国
—当代 Ⅳ.①I251

中国版本图书馆CIP数据核字(2019)第045586号

因为我有生活：电影美术师杨占家从艺录

口述 / 绘：杨占家
整　　理：李青菜
出 品 人：赵红仕
选题策划：后浪出版公司
出版统筹：吴兴元
编辑统筹：陈草心
特约编辑：孙　珊
责任编辑：杨芳云
封面设计：彭振威设计事务所
营销推广：ONEBOOK
装帧制造：墨白空间

北京联合出版公司出版
（北京市西城区德外大街83号楼9层　100088）
北京盛通印刷股份有限公司　新华书店经销
字数185千字　889毫米×1194毫米　1/32　11印张　插页12
2019年7月第1版　2023年2月第3次印刷
ISBN 978-7-5596-2990-6
定价：92.00元